DICTIONNAIRE D'UN AMOUR

DAVID LEVITHAN

DICTIONNAIRE D'UN AMOUR

roman

Traduit de l'anglais (États-Unis) par
PIERRE DEMARTY

BERNARD GRASSET
PARIS

L'édition originale de cet ouvrage a été publiée en 2011
par Farrar, Straus & Giroux, sous le titre :

THE LOVER'S DICTIONARY

ISBN : 978-2-246-77871-4

Pour mes parents,
avec gratitude et émerveillement

A

Aberrant, *adj.*

« D'habitude, je ne fais jamais ce genre de choses, as-tu dit.

— Moi non plus », t'ai-je assuré.

Il s'est avéré par la suite que nous avions l'un et l'autre déjà fait des rencontres sur Internet, qu'il nous était déjà arrivé à l'un comme à l'autre de coucher au premier rendez-vous, et qu'il nous était déjà arrivé à l'un comme à l'autre de tomber trop vite amoureux. Mais nous nous sommes rassurés en nous raccrochant à la signification véritable de cet aveu mutuel, à savoir : « D'habitude, je n'ai jamais un aussi bon pressentiment. »

Prends la mesure de l'espoir dont témoigne ce moment, ce sentiment.

Tout le reste sera mesuré à l'aune de cet espoir

Abstinence, *nf.*

Je suis désolé d'avoir été si surpris que tu ne boives pas ce soir-là.

« Quelque chose ne va pas ? » ai-je demandé. Ça ne te ressemblait pas de refuser un verre après le travail.

« Vas-y, toi, as-tu dit. Bois pour nous deux. »

Alors j'ai commandé deux manhattans. Je ne savais pas si je devais t'en proposer une gorgée. Je n'étais pas sûr que cela puisse être aussi facile de t'amener, pour une fois, à arrêter.

« Qu'est-ce qu'il y a ? » ai-je demandé.

Après un moment de silence étudié, tu as dit, avec le plus grand sérieux : « Je suis enceinte. » Et ensuite tu as éclaté de rire.

J'ai ri moi aussi, même si je n'en avais pas envie. J'ai levé mon verre, je l'ai incliné vers toi, et je t'ai demandé : « De qui ? »

Abstraction, *nf.*

L'amour est une forme d'abstraction. Et puis il y a les nuits où je dors seul, où je me blottis contre un oreiller qui n'est pas toi, où j'entends des bruits de pas feutrés qui ne sont pas les tiens. Ce n'est pas comme si je pouvais soudain te faire surgir à côté de moi. Je dois me contenter d'étreindre l'idée de toi.

Abysse, *nm.*

Il m'arrive de douter de tout. De regretter tout ce que tu m'as pris, tout ce que je t'ai donné, et le gâchis que représente tout le temps que je nous ai consacré.

ACRONYME, *nm.*

Je me souviens de la première fois où tu as signé SWAK à la fin d'un mail. Je n'ai pas compris ce que ça voulait dire. Il y avait quelque chose de violent dans ce son, comme l'impact d'une gifle. SWAK ! Batman qui met le Sphinx au tapis. SWAK ! Des cris : « Menteur ! Menteur ! » Des larmes. SWAK ! Alors je t'ai répondu : *SWAK ?* Et quand tu m'as répondu à ton tour, dix minutes plus tard, tu m'as expliqué.

J'ai adoré l'image ridicule qui m'est venue alors à l'esprit : toi, penchée sur ton ordinateur portable, touchant l'écran du bout des lèvres, scellant les mots que tu me destines avant qu'ils ne se transforment en électricité. Depuis, chaque fois que tu me SWAK, l'écho de cette électricité perdure.

ADVERSAIRE, *nm/f.*

Tu étais sûre et certaine que Meryl Streep avait remporté l'oscar de la meilleure actrice pour *Le Mystère de Silkwood*. J'ai dit que non, que c'était pour *Le Choix de Sophie*. À ta façon d'en débattre, on aurait dit que nous discutions de l'existence de Dieu, ou de savoir si oui ou non nous devions nous installer ensemble. Personne ne sort jamais vainqueur de ce genre de disputes – quand bien même on a le dernier mot, on a blessé l'autre, et il y a là forcément quelque chose d'une défaite.

On a vérifié, bien sûr, et même si tu as reconnu que j'avais raison, tu as continué à faire comme si c'était l'exception qui confirmait la règle. J'ai songé à te quitter, à cet instant précis. Pendant une fraction de seconde, j'ai pris la porte.

Affinité, *nf.*

J'ai remarqué sur ton profil que tu disais adorer *La Toile de Charlotte*. Alors nous en avons parlé lors de ce premier rendez-vous, du mot *radieux* qui nous semblait à tous deux résumer ce livre à la perfection, et du passage le plus déchirant, qui n'est pas celui où Charlotte meurt, mais celui où tous ses enfants semblent sur le point de quitter Wilbur à leur tour.

En définitive, était-il important que nous ayons cela en commun ? Était-il important que nous buvions tous les deux du café le soir et que nous soyons tous les deux allés à Barcelone l'été après la fin de nos études ? En définitive, était-ce vraiment une révélation que nous soyons tous les deux chatouilleux et que nous préférions tous les deux les chiens aux chats ? Ces faits n'étaient-ils pas en réalité de simples paramètres disposés là en attendant que les choses prennent leur forme *définitive* ?

Nous colorions des cases numérotées, en commençant par le vert. Parce qu'il se trouve que c'était notre couleur préférée. Et cela, pensions-nous, devait forcément être un signe.

AL FRESCO, *loc. adv.*

Nous n'aurions pas supporté la ville une minute de plus, alors nous avons poussé la porte de l'agence de location de voiture, sans réservation, et nous avons filé vers le nord. Pendant que tu conduisais, j'ai passé des coups de fil, et j'ai fini par nous trouver un gîte. On s'est arrêtés à un supermarché et on s'est acheté à manger de quoi tenir une semaine alors que nous ne partions que deux jours.

Il ne faisait pas très froid, alors nous avons mis la table de la cuisine dehors. Le vent soufflait sans cesse les bougies, mais ça n'avait aucune importance, parce que pour la première fois depuis le début de notre histoire, il y avait plein d'étoiles au-dessus de nous.

Le vin a donné le ton de notre conversation – langoureuse, éméchée, terre à terre.

« J'adore dîner *al fresco* », as-tu dit, et ça m'a fait rire.

« Quoi ? » as-tu demandé.

Et j'ai dit : « Mais qu'est-ce que tu racontes ? On n'est pas tout nus ! »

C'est toi qui as ri alors.

« Ce n'est pas ça que ça veut dire, as-tu dit. Et puis de toute façon, est-ce que tu n'as pas l'impression d'être nu ? »

Tu t'es tue et tu m'as fait signe d'écouter. Le bruit des bois, la texture de l'air. Le vin qui s'infiltrait dans mes pensées. Le ciel, si présent. Et toi, qui me regardais prendre conscience de tout cela.

Nus face au monde. Le monde, nu face à nous.

Aliéner, *v.*

C'est devenu une habitude chez moi, depuis le collège, de poser tout le temps cette question :

« À quoi tu penses ? »

C'est toujours un geste de désespoir, et je persiste à demander, même si je sais que je n'obtiendrai jamais le résultat escompté.

AMANT, *nm.*

Oh, comme je détestais ce mot. Tellement prétentieux, comme un terme emprunté à une autre langue. Cet arrière-goût, cet arrière-fond d'affections illicites, illégitimes. Définition du dictionnaire : *Qui entretient une liaison amoureuse.* Impermanent. Désincarné. Inextricablement lié au sexe.

Je n'ai jamais voulu une amante. Pour avoir une amante, il me faut revenir à la racine du mot. Car je n'ai jamais voulu une amante, mais j'ai toujours voulu aimer, et être aimé.

Il n'y a pas de mot pour définir celui qui reçoit l'amour. Seulement pour celui qui le donne. L'idée préconçue selon laquelle les amants vont nécessairement par deux.

Quand je dis : *Sois mon amante*, je ne veux pas dire : *Entretenons une liaison*. Je ne veux pas dire : *Couche avec moi*. Je ne veux pas dire : *Sois mon secret*.

Je veux que nous revenions à la racine du mot.

Je veux que tu sois celle qui m'aime.

Je veux être celui qui t'aime.

Amour, *nm.*

Même pas la peine d'essayer.

ANACHRONISME, *nm.*

« Je vais préparer la carriole et l'attelage », dis-tu.

Et je réponds : « Mais je croyais qu'on prenait l'aéroglisseur ! »

ANTI-TRANSPIRANT, *nm.*

« Ça n'a rien de très attirant de sentir la bicarbonade de soude, ai-je dit.

— Le bicarbonate, as-tu rectifié. La levure.

— D'accord, alors imagine que je veuille faire un quatre-quarts, il me suffirait de te balancer un peu de beurre, de farine et de sucre sous les aisselles...

— Rappelle-moi déjà pourquoi on a cette conversation ?

— Tu ne le sens même plus, cette espèce de levain que tu te mets sous les bras, parce que tu y es trop habituée. Mais moi, j'ai l'impression de sortir avec une boulangerie ambulante.

— D'accord », as-tu dit.

Ça m'a stupéfié. « "D'accord" ?

— Qu'il soit officiellement porté au dossier que je viens de m'engager sur la pente glissante de la compromission au nom du maintien de la paix et de l'harmonie. Un autodafé du déodorant incriminé sera célébré en grande pompe dans dix minutes. J'espère que ce truc est inflammable.

— Je déteste cette odeur, c'est tout, t'ai-je dit.

— Et moi je déteste les poils de tes doigts de pied.

— Je mettrai des chaussettes, ai-je promis. Tout le temps. Même sous la douche.

— Je te préviens, as-tu dit. Un jour, tu me demanderas de renoncer à une chose à laquelle je tiens vraiment, et là, ça se passera très mal. »

Appréhension, *nf.*

J'ai juré que je ne t'emmènerais plus jamais à l'opéra.

ARCANE, *nm.*

C'est Joanna qui l'a remarqué en premier. On était allés dîner chez elle, et elle s'est mise à raconter une histoire de bonne femme qu'elle voyait faire son yoga tous les matins de l'autre côté de la rue, et à quel point c'était bizarre de l'observer comme ça de loin.

« Et comment va-t-elle, au fait, ta Mademoiselle Abdo ? » as-tu demandé.

Et j'ai ajouté : « Faudrait peut-être poser la question au pianiste. »

Joanna nous a regardés, ahurie, puis elle a dit : « Avant, vous aviez chacun vos propres références décalées et déconcertantes. Maintenant vous avez les mêmes. »

On dit souvent que les gens qui vivent en couple depuis longtemps finissent par se ressembler. Je n'y crois pas. Mais je crois en revanche que leurs phrases finissent par se ressembler.

Ardent, *adj.*

C'était après l'amour, quand tout n'était encore que chaleur et surtout souffle, quand tout n'était encore que contact et surtout pensées... c'était comme si le monde entier pouvait être réduit au son d'une unique corde pincée, et la seule chose à laquelle ce son me faisait penser, c'était toi. Parfois le désir est aérien ; parfois le désir est liquide. Et il arrive de temps à autre, quand tout le reste est liquide et aérien, que le désir se solidifie, et que le corps soit l'aimant qui en attire le poids.

Ardu, *adj*.

Parfois, quand nous faisons l'amour, j'aimerais qu'il y ait un bouton au creux de tes reins sur lequel je pourrais appuyer pour que d'un coup tu aies enfin terminé.

ARRIÉRÉS, *nm pl.*

Ma fidélité était aussi inconsciente que ton écart. Parmi tout ce qui aurait pu aller de travers, jamais je n'aurais imaginé que ce serait ça.

« C'était une erreur », as-tu dit. Mais le plus cruel, c'est que j'avais l'impression que c'était moi qui avais commis une erreur, en te faisant confiance.

Autonomie, *nf.*

« Je veux que mes livres aient leurs propres étagères », as-tu dit, et c'est à ce moment-là que j'ai su que tout se passerait bien si on vivait ensemble.

AVANT-GARDE, *nf.*

C'était après le spectacle d'Alisa, une version anti-Revue nègre d'*Autant en emporte le vent*, ponctuée de chansons tirées de la BO du film *Empire Records* et un interlude de poésie allemande du XIXe siècle récitée avec un zézaiement.

« Et puis d'abord qu'est-ce que ça veut dire, *avant-garde* ? ai-je demandé.

— Je crois que ça veut dire *faveur spéciale consentie aux amis* », as-tu répondu.

B

BAIL, *nm.*

C'est moi qui ai suggéré que nous vivions ensemble. Et à l'instant même où j'ai fait cette proposition, je savais que ce serait ma faute si jamais les choses allaient de travers. Et puis je me suis consolé en songeant ceci : si jamais les choses allaient de travers, la question de savoir à qui la faute serait le cadet de mes soucis.

BANAL, *adj.* et **BANCAL**, *adj.*

Je suis intrigué par la proximité de ces deux mots, le premier évoquant toute la cohorte des petites morts spirituelles qui jalonnent une journée, tandis que le second signale un déséquilibre, l'amorce inexorable de la catastrophe.

Je crois que nous supportons le banal –

« Il est bon ton poulet ? »

« Je suis sur les rotules. »

« Il fait un froid de canard. »

« T'étais où ? »

« Tu veux aller où ? »

« Ça fait longtemps que tu attends ? »

— pour que les choses ne deviennent pas bancales.

Bar, *nm.*

Tu as le don d'adresser la parole à n'importe qui ; c'est un don que nous n'avons pas en commun.

Base, *nf.*

Il y a forcément un moment, au début, où on se demande si on est amoureux de la personne ou amoureux de l'idée même de l'amour.

Si ce moment ne passe pas, terminé – c'est foutu.

Et s'il passe, il ne s'en va jamais bien loin. Il demeure là, un peu à l'écart, prêt à resurgir au besoin. Parfois même il est là alors qu'on croyait chercher autre chose, une échappatoire par exemple, ou le visage de l'être aimé.

BASSESSE, *nf.*

Non, je n'écoute pas la météo le matin. Non, je ne tiens pas mes comptes. Non, ça ne m'est pas venu à l'idée que j'aurais mis beaucoup moins de temps par la ligne 1. Mais quand tu me lances ce regard, ça ne me donne pas envie d'être à la hauteur de tes exigences.

Béquille, *nf.*

Je suis très prudent chaque fois que je sais que tu es au téléphone avec ton père. Je sais que tu finiras par venir me trouver ensuite, et qu'on en parlera ensemble. Mais je dois être patient – tu as besoin de temps. En attendant, je fais attention à la musique que je passe. J'essaie de te parler à travers mes choix de chansons.

BESTIAL, *adj*.

« Mon pire rencard ? ai-je répété. Je ne sais pas. Je suis toujours stupéfait quand la fille en face de moi ne me pose pas la moindre question personnelle. Je me souviens d'une fois en particulier... Elle a commencé à me réciter son autobiographie et il n'y avait plus moyen de l'arrêter. J'étais assis là et je me disais : Mince alors, tu ne vas pas me poser ne serait-ce qu'une seule question, pas vrai ? Et effectivement. Dix minutes. Une demi-heure. Une heure. Un seul sujet de conversation. Et ce n'était pas moi.

— Et alors, qu'est-ce que tu as fait ? as-tu demandé.

— Je me suis mis à compter. Comme avec les moutons. Et quand le serveur est venu nous demander si nous prendrions des desserts, la fille a voulu commander et je l'ai interrompue en prétextant que j'avais promis à un copain de promener son chien. Et toi ?

— Trop gênant.

— Allez, raconte !

— Bon d'accord. C'était un coup arrangé. Et à la seconde où j'ai vu le type... comment dire... le degré d'attirance était loin, très loin en dessous de zéro. J'ai connu des souches d'arbre plus sexy que ce mec. Mais bon, évidemment, on peut pas dire un truc pareil. J'ai essayé de faire bonne figure. Et puis il a ouvert la bouche, et là, ça m'a complètement rebutée. Non seulement il n'a parlé que de lui pendant toute la soirée, mais il n'arrêtait pas de me couper la parole dès que j'émettais la moindre opinion sur quoi que ce soit. Et le pire, c'est que je voyais bien que lui passait une excellente soirée ! Et alors... bon sang, je n'en suis pas fière, tu sais. Je n'arrive même pas à croire que je te raconte tout ça. Tu promets que tu ne vas pas me prendre pour une folle furieuse ?

— Promis.

— Bon d'accord. Donc, il y avait une mouche qui volait au-dessus de notre table. Je n'arrêtais pas de la chasser de la main. J'ai fini par m'intéresser beaucoup plus à cette mouche qu'à ce type. Et ça commençait à l'agacer. Alors, à un moment, quand la mouche est passée tout près de mon visage, j'ai... tiré la langue.

— Comme une grenouille ? »

Tu as hoché la tête. « Comme une grenouille.

— Et tu as gobé la mouche.

— Je veux ! Avalée tout rond, même. Fallait voir la tête qu'il tirait. Ça lui a coupé l'envie de prendre un dessert. Et j'étais soulagée. Toute considération mise à part pour la vie de cette pauvre mouche, je ne regrette absolument pas. »

À cet instant, le serveur est venu nous demander si nous désirions autre chose.

Et tu as dit : « Je crois qu'on va reprendre des desserts. »

Bien, *adv.*

Est-ce que ce sera toujours bien ?
J'espère bien.
Est-ce que ce sera toujours bien ?
J'espère bien.
Est-ce que ce sera toujours bien ?
J'espère bien.

BLASON, *nm.*

Les imperceptibles cicatrices d'acné. La tache de naissance, de la taille et de la forme d'une pièce de monnaie, au-dessus de ton genou. La marque sous ton épaule, qui doit remonter à ta troisième année de maternelle, quand tu as eu la varicelle. L'égratignure sur ton cou – est-ce moi qui t'ai fait ça ?

Ces témoignages succincts de certains épisodes, écrits à même le corps, sont d'une lecture immensément satisfaisante.

Bouffonnerie, *nf.*

Tu étais ivre, et j'ai commis l'erreur de parler du film *Showgirls* dans une rame de métro quasi déserte. Cette pauvre barre au milieu du wagon n'a rien vu venir.

Bouleversant, *adj.*

Ces matins où nous nous embrassons et nous abandonnons pendant une heure avant de prononcer le moindre mot.

Brèche, *nf.*

Je ne voulais pas savoir qui c'était, ni entendre ce que vous aviez fait, ou que ça ne voulait rien dire.

Brut, *adj.*

« Je veux que tu restes cette nuit », as-tu dit. Et ces mots ont tout décidé. Si tu avais dit : « Faisons l'amour », ou « Allons chez moi », ou même « J'ai très envie de toi », je ne suis pas sûr que nous serions allés si loin. Mais j'aimais l'idée que ce soit à moi de rester cette nuit-là, et j'ai aussitôt décidé que c'était auprès de toi que je resterais.

C

Cabrioles, *nf pl.*

« Il est beaucoup trop tard pour se promener dans Central Park, me suis-je récrié.

— Mais c'est la pleine lune, as-tu dit.

— C'est vraiment une très mauvaise idée.

— Ne t'inquiète pas, as-tu dit en me prenant la main. Je te protégerai. »

J'avais toujours eu peur de traverser le parc à la nuit tombée, mais bientôt nous étions là, à minuit passé, au beau milieu de la Grande Pelouse, tout cet espace rien qu'à nous, cette impression de pouvoir nous étreindre en toute liberté, en essayant toutefois d'enlever le moins de vêtements possible. Riant de notre intrépidité, nous avons roulé gaiement sur l'herbe et la terre – moi sur toi, puis toi sur moi, puis moi sur toi – boutons défaits, mains baladeuses – la nuit sur la peau, toute cette fébrilité. Nous sentions passer des gens près de nous et puis nous recommencions, portés par l'excitation jusqu'à ce que celle-ci retombe, et alors nous avons continué à glisser un peu plus loin encore, galvanisés non pas de frissons mais de bonheur.

CACHETTE, *nf.*

J'ai décidé de nettoyer mon bureau. Je pensais que tu étais occupée dans la cuisine. Mais c'est alors que je t'ai entendue dans mon dos, entendue demander :

« Y a quoi dans ce dossier ? »

Je suis sûr d'avoir rougi en te disant que c'étaient des mails de toi que j'avais imprimés, intercalés de lettres et de petits mots, comme des fleurs séchées dans un dictionnaire.

Tu n'as rien dit d'autre, et je t'en ai été reconnaissant.

Cadence, *nf.*

Je n'ai jamais vécu ailleurs qu'à New York ou en Nouvelle-Angleterre, mais il m'arrive parfois, quand je te parle, de faire sonner une voyelle avec un léger accent, de donner à tel ou tel mot une inflexion typique du Sud, et je sais que c'est parce que je baigne dans tes cadences, que tu t'immisces jusque dans ma langue.

Cafard, *nm.*

Le verbe exact pour décrire la *dépression* est *sombrer*.

CALCUL, *nm.*

Je ne comprenais pas comment quelqu'un venant d'une région aussi terrienne puisse être terrifié à ce point par les requins. Même à l'aquarium, j'ai eu un mal fou à te faire approcher du bassin. Jusqu'à ce jour, au Musée d'histoire naturelle, où, n'y tenant plus, je t'ai dit :

« Il n'est pas vivant, tu sais. Il ne va pas te manger. »

Mais tu restais sur tes gardes, et j'ai éprouvé le besoin soudain de te pousser vers la vitre.

Qu'est-ce que cela pouvait bien me faire ? Est-ce que je pensais que si j'arrivais à te raisonner sur une chose, j'arriverais à te raisonner sur tout ?

Peut-être. Ou peut-être voulais-je simplement t'arracher à tes peurs.

Candide, *adj.*

« La plupart du temps, quand je fais l'amour, je préférerais être en train de lire. »

C'était là, je le reconnais, un étrange aveu, surtout pour un deuxième rendez-vous. Sans doute voulais-je t'avertir.

« La plupart du temps, as-tu répliqué, quand je lis, je préférerais être en train de faire l'amour. »

CANEVAS, *nm.*

Nos appartements respectifs nous manquaient, ce premier soir, mais je crois que, de nous deux, c'est toi qui en avais la nostalgie la plus réelle. Je suis certain qui si nous en avions eu les moyens, nous aurions gardé chacun le nôtre. Mais nous étions là, dans ces trois pièces rien qu'à nous, qui ne semblaient pas nous appartenir, pas encore. Tu as essayé de me faire croire que tu dormais, mais je t'ai surprise en train de regarder le plafond.

« Ce sera différent quand on aura repeint, ai-je promis. Ce sera différent quand on aura accroché des choses aux murs. »

CATALYSEUR, *nm.*

J'ai été surpris – et je le suis encore – que tu aies été la première à le dire.

J'étais innocent, en un sens, m'attendant à ce que ces trois mots surgissent en fanfare. Au lieu de quoi ce fut un moment tout ce qu'il y a de plus ordinaire. Le film était terminé et je suis allé éteindre la télé. Il s'était déjà écoulé quelques minutes depuis la fin du générique, et nous étions restés là, sur le canapé, tes jambes allongées sur les miennes, le bord de ta main touchant le bord de ma main. La cassette s'est arrêtée et l'écran est devenu bleu. « Je m'en occupe », ai-je dit en me levant, et je n'avais pas encore atteint la télé quand tu as dit : « Je t'aime. »

Je ne t'ai jamais posé la question, mais je me demanderai toujours : qu'est-ce que cette scène avait de particulier pour que tu en prennes conscience à cet instant précis ? Ou, si tu le savais déjà depuis un certain temps, qu'est-ce qui t'a poussée à le dire à ce moment-là ? Entendre ces mots était une joie, une immense joie, et dans mon empressement à te répondre que je t'aimais moi aussi, j'ai laissé la télé allumée, et nous avons continué de baigner dans cette lumière bleutée tandis que je revenais vers le canapé, vers toi. Nous sommes restés là quelques instants, sans trop savoir ce qui allait se passer ensuite.

CATHARSIS, *nf.*

Je me suis défoulé sur le mur.

JE T'AIME. JE T'AIME. SALE CONNE, JE T'AIME.

CÉLIBAT, *nm.*

Non concerné.

CHAMPAGNE, *nm.*

Tu es plantée au pied du lit avec une bouteille de champagne. Pourquoi ? Je n'en ai pas la moindre idée. Je cherche désespérément à me souvenir d'un événement que j'aurais oublié – s'agit-il de je ne sais quel obscur anniversaire, ou pire encore, pas si obscur que cela ? Et puis je me dis soudain que tu as quelque chose à me dire, une bonne nouvelle à m'annoncer, mais ton sourire est silencieux, sibyllin. Je me redresse dans le lit, te demande ce qui se passe, et tu secoues la tête comme pour me dire rien, il ne se passe rien, comme si c'était notre habitude d'entamer chaque mercredi matin par une coupe de champagne.

Tu poses la bouteille contre ma jambe – le froid, les gouttes de condensation, le verre, le fait que la bouteille a dû passer toute la nuit au frigo sans que je le remarque. Tu tiens deux flûtes dans ton autre main, et tu les places sur la table de chevet, à côté du réveil impassible, de la boîte de Kleenex, du verre d'eau.

« Toute la magie du champagne, dis-tu en ôtant l'aluminium autour du bouchon puis en désentortillant le fil de fer qui l'étrangle, c'est qu'il n'existe rien au monde d'aussi évocateur. Chaque fois qu'on ouvre une bouteille de champagne, c'est pour fêter quelque chose ; par conséquent, la meilleure façon de fêter quelque chose est d'ouvrir une bouteille de champagne. Chaque fois qu'on en boit une gorgée, c'est le goût de toutes les occasions fêtées par le passé qui revient. La joie s'accumule avec le temps. »

Tu fais sauter le bouchon. Les bulles jaillissent. Un peu de mousse coule sur ma peau. Tu nous sers.

« Mais pourquoi ? » dis-je en prenant la flûte que tu me tends.

Tu lèves la tienne et réponds : « Pourquoi pas ? Tu connais une meilleure façon de commencer la journée ? »

Nous trinquons à cela.

Charme, *nm.*

C'est quand tu te balades dans l'appartement vêtue d'un de mes caleçons sans savoir que je suis réveillé. Et puis ce sourire, quand tu t'aperçois que je suis réveillé. Tu passes tellement de temps chaque matin à vérifier que tu es coiffée à quatre épingles. Mais il faut que je te dise : je préfère tes cheveux comme ça, désordonnés, ébouriffés de sommeil, en pagaille.

CIRCONSTANCE, *nf.*

Nous nous sommes rendu compte, un jour, que nous avions tous deux participé au même défilé de Thanksgiving. C'était la première fois que tu venais à New York, tu avais l'impression de traverser des canyons, cernée par les gratte-ciel qui se penchaient pour te lorgner, toi et ton trombone. Moi, un peu plus loin dans le cortège, cymbales à la main, me préparant à sourire pour les quelques secondes pendant lesquelles nous serions filmés. Et si la présentatrice m'avait interpellé pour m'annoncer : « Le grand amour de votre vie est ici, au milieu de cette foule » ? L'aurais-je crue ? Cela aurait-il même été possible, si nous nous étions rencontrés à ce moment-là ?

CIRCUIT, *nm.*

Nous ne dévoilons pas nos histoires dans l'ordre chronologique. Ce n'est pas comme si nous pouvions nous installer face à face pour nous demander : « Dis-moi ce qui s'est passé », et nous lever à la fin de cette conversation en sachant tout l'un de l'autre. La plupart du temps, nous ne nous rendons même pas compte que nous nous fragmentons en une myriade d'indices. Tu dis par exemple : « C'était avant que mon père quitte ma mère », et moi : « Ton père a quitté ta mère ? » Ou bien moi : « C'était juste avant que Jamie me dise que nous devrions simplement rester bons amis », et toi : « Qui est Jamie ? » Je t'assurerais alors que j'avais mentionné Jamie lors de cette première séance d'énumération de nos peines de cœur (parfaite pour un deuxième rendez-vous), mais peut-être avais-je oublié, ou peut-être est-ce toi qui avais oublié. Je jurerais t'avoir dit que je suis allergique aux tournesols. Tu m'as peut-être raconté qu'un jour ta sœur t'a arraché une mèche de cheveux et que vous étiez toutes les deux terrorisées par le sang sur ton crâne. Mais je ne crois pas. Je crois que je m'en serais souvenu.

Raconte-moi encore.

CLANDESTIN, *adj.*

Certaines familiarités me sont venues sans peine – m'autoriser à rire alors que j'ai un rire tonitruant, ne pas faire mystère de mes défauts, me balader nu dans l'appartement. Et d'autres habitudes, plus intimes, ont fini par s'installer – pisser dans les toilettes de la salle de bains pendant que tu prends ta douche, ou finir l'assiette que tu as laissée à moitié entamée. Mais j'ai beau essayer, je n'arrive toujours pas à écrire mon journal quand tu es dans la pièce. Ce n'est même pas que je sois en train d'écrire sur toi (quoique ce soit souvent le cas). Seulement j'ai besoin d'être sûr que personne ne lit par-dessus mon épaule, risquant à tout moment de me demander ce que j'écris. Je veux que personne n'ait accès à cette partie de moi. Je veux que ce moment soit un secret, même si les mots ne savent jamais demeurer secrets très longtemps.

COMMUN, *adj.*

C'est tout l'un ou tout l'autre.

J'aperçois ton béret sur la table, et je ressens soudain un élan terrible, même si tu es dans la pièce juste à côté. Si je sais que tu ne regardes pas à ce moment-là, j'enfouis mon visage dans la laine verte, et je respire l'effluve de ton shampooing et de la fraîcheur du dehors.

Mais il suffit qu'en entrant dans la salle de bains je voie que tu as encore oublié de refermer le tube de dentifrice pour que plus rien ne compte que ce détail horripilant.

Communauté, *nf.*

On finit par se dire qu'on connaît tous les membres de ce site de rencontres. Toujours les mêmes visages. On peut partir pendant un an, puis revenir, et ils sont encore tous là, à attendre. Les mêmes pseudos, les mêmes photos, les mêmes critères de recherche. Seul l'âge a changé, automatiquement mis à jour, comme si c'était la seule chose qui passe. Les mauvaises rencontres ? Toujours là. Les bonnes rencontres mais qui pour finir n'ont mené nulle part ? Toujours là aussi. On se désinscrit. On se réinscrit. On se dit que cette fois ce sera différent.

C'est démoralisant, intrigant, parfois émoustillant, la plupart du temps à mourir d'ennui. C'est ce qu'on fait tard la nuit, quand le cerveau a renoncé à toutes ses autres tâches – la pornographie des rencontres. On clique sur les onglets. Quelle idée géniale d'avoir appelé ça comme ça – quelle partie du corps, en effet, est moins révélatrice qu'un ongle ? (Et pourtant, c'est comme ça que je tombe sur toi.)

Ça arrivait régulièrement : j'apercevais quelqu'un du site dans le métro, ou dans la rue, ou dans un bar. Un membre de la même communauté, là, dans le monde réel. Chaque fois j'avais envie de dire : « On ne s'est pas déjà rencontrés quelque part ? » Et j'avais envie de dire : « On ne s'est pas déjà rencontrés nulle part ? » Mais chaque fois, je finissais par ne rien dire. Je n'étais pas sûr d'avoir envie que ces gens soient réels.

CONFLUENCE, *nf.*

La première fois que nos mères se sont rencontrées : mon anniversaire, notre appartement. Mon père, ta sœur, ses enfants. Le côté irréel de la situation au début – irréel et forcé. C'est une chose que de partager des baisers, des secrets, des étreintes, un lit. Mais partager sa famille, c'est atteindre au point de rencontre des fleuves. Je crois que c'est mon père et ta nièce qui se sont les premiers rapprochés, en jouant à Dix de chute. Je me rappelle combien cette toute simple, toute petite interaction m'a soulagé. Ma mère a essayé ; la tienne, pas tellement. Nous avons parlé, parlé sans discontinuer, pour remplir la pièce de mots, pour essayer de créer une fête avec nos seules voix.

CONJURER, *v.*

« C'est moi qui te quitterai » – m'as-tu murmuré en guise d'avertissement. Cinquième ? Sixième rendez-vous ?

J'avais l'intime conviction que tu te trompais. J'avais la conviction que ce serait moi qui foutrais tout en l'air. Mais je l'ai gardé pour moi.

CONTENANCE, *nf.*

Tu me l'as dit quand même, alors que je ne voulais pas savoir. Une passade idiote après une soirée arrosée, à Austin, où tu étais allée rendre visite à Toby. Des mois de ça. Et ce que je déteste par-dessus tout, c'est de savoir que tout dépend de ma réaction, qu'en te délestant de ton fardeau tu le fais nécessairement peser sur mes épaules. Si je perds mon sang-froid maintenant, c'est toi que je perdrai. Je le sais bien. Je hais cette idée.

Tu attends ma réaction.

Contigu, *adj.*

Je me suis senti idiot rien que d'en parler, mais une fois que je m'étais lancé, je savais qu'il fallait que je m'explique.

« Quand j'étais petit, ai-je dit, j'avais un puzzle avec les cinquante États américains – qu'il fallait remettre chacun à sa juste place, tu vois. Et puis un jour, je me suis mis en tête que la Californie et le Nevada étaient amoureux. Je suis allé raconter ça à ma mère, qui n'a absolument pas compris de quoi je parlais. J'ai couru chercher les deux pièces du puzzle pour lui montrer – la Californie et le Nevada, raides dingues l'un de l'autre. Alors souvent, quand on est comme ça » – mes chevilles collées à l'arrière de tes chevilles, mes genoux calés au creux de tes genoux, mes cuisses collées à tes cuisses, mon ventre contre ton dos, mon menton posé dans le pli de ton cou – « je ne peux pas m'empêcher de penser à la Californie et au Nevada, et de me dire qu'on leur ressemble beaucoup. Si quelqu'un nous dessinait vus de haut, comme une carte, c'est à ça qu'on ressemblerait ; c'est comme ça qu'on est. »

Tu n'as rien dit pendant un moment. Et puis tu t'es blottie et tu as murmuré :

« *Contigus.* »

Et j'ai su alors que tu comprenais.

CONVOITER, *v.*

C'est une différence entre nous : tu désires ce que les autres possèdent, tandis que je désire ce que je possédais autrefois, ou ce que je crois pouvoir posséder un jour.

Parfois, avec toi, il s'agit de choses idiotes. Des chaussures, par exemple. Ou une plus grande télé, comme celle qu'on a vue chez untel ou untel. Ou une maison en colocation dans les Hampton, quand bien même nous n'aurions jamais les moyens de nous payer une colocation dans les Hampton, et quand bien même nous détesterions cet endroit.

Mais il t'arrive parfois de me surprendre. Quand on va chez ma cousine, par exemple, et que ses gosses courent dans tous les sens. Son mari lui apporte un café sans qu'elle l'ait demandé. Ils ont l'air épuisés, mais on sent bien que c'est une fatigue qui n'est pas vaine. Et les enfants – les enfants sont heureux. Ils sont si heureux, d'un bonheur si élémentaire, qu'ils ne semblent même pas concevoir qu'on puisse éprouver autre chose qu'une forme élémentaire de bonheur. Je te surprends à désirer cela. Pour ton passé ? Pour ton présent ? Ton futur ? Je n'en sais rien. Je ne sais jamais ce que tu veux vraiment, si je peux te l'offrir, ou si j'arrive déjà trop tard.

Corroder, *v.*

J'ai passé tout ce temps à bâtir une relation. Et puis un soir, j'ai laissé la fenêtre ouverte, et l'édifice a commencé à rouiller.

CRÂNE, *adj.*

Nous entrons dans un bar, et tu sens tous les regards se tourner vers toi.

Nous entrons dans un bar, et je sens moi aussi tous les regards se tourner vers toi.

À tes yeux, c'est là le signe de ton assurance. Mais moi ?

Moi, je ne ressens que du doute.

D

DÉCONCERTANT, *adj.*

En l'occurrence, c'est plutôt le verbe qu'il faudrait utiliser. Tu me déconcertais, et je te déconcertais. Ou serait-il plus exact de dire que j'étais déconcerté par toi, et que tu étais déconcertée par moi ? Oui, ça sonne mieux. J'étais déconcerté que tu sois si belle, que tu sois si à l'aise en société, comme si chaque pièce était héliotropique et que tu en étais le centre. Et j'imagine que tu étais déconcertée que j'aie tellement plus d'amis que toi, que je sois capable d'assembler mes mots comme ça, sur le papier, et de donner ainsi aux choses, parfois, un certain sens.

Le secret, c'est de ne jamais admettre ces déséquilibres. De ne pas se laisser déconcerter par ce qu'ils ont de déconcertant.

DÉFUNT, *adj.*

Tu as rapporté une machine à écrire à la maison pour moi.

DÉROBADE, *nf.*

Chaque fois que nous paraissions avoir atteint l'impasse, une échappatoire venait à notre rescousse.

Si la soirée d'anniversaire d'Emily et la soirée d'anniversaire d'Evan tombaient le même jour, nous allions au cinéma plutôt que d'avoir à choisir. Si j'avais envie de manger mexicain et toi italien, nous y voyions le signe que nous devrions aller manger thaï. Si je voulais rentrer à New York et que tu préférais passer une nuit de plus à Boston, nous trouvions un bed & breakfast à mi-chemin entre les deux. Même si, au final, nous n'obtenions satisfaction ni l'un ni l'autre, nous trouvions toujours la liberté dans les troisièmes choix.

Désabuser, *v.*

J'adore l'idée qu'un abus puisse être nié. Et que les choses à être le plus souvent désabusées soient des idées.

DÉSORDRE, *nm.*

Parfois, j'ai l'impression de vivre avec une femme de quatre-vingt-dix ans, à force de retrouver des boîtes de biscuits dans la panière à linge ou une paire de chaussettes à côté d'une bouteille de vodka. Parfois je te dis où j'ai retrouvé tel ou tel objet, et nous en rions ensemble. D'autres fois, je me contente de les remettre à leur place.

DÉTACHEMENT, *nm.*

Je ne sais toujours pas si c'est un défaut ou une qualité, cette façon d'être dans l'instant et puis, tout à coup, d'en sortir. Pas seulement pendant l'amour, ou pendant qu'on parle, ou qu'on s'embrasse. Ce n'est pas que je me mette délibérément en retrait – je ne crois pas – mais, soudain, je me retrouve là, à l'extérieur, incapable de me laisser aller au moment présent. Tu me prends en flagrant délit, parfois. Tu dis que je m'égare, alors je te demande pardon et j'essaie de revenir à l'instant.

Mais je tiens à dire une chose :

Même quand je me détache, mon attention demeure. On peut se tenir à l'écart de quelque chose et continuer à y porter de l'attention. Si je voulais me détacher complètement, je m'en irais physiquement. J'interromprais la conversation au beau milieu d'une phrase. Je quitterais le lit. Mais je reste toujours en lisière, l'espace d'une seconde. Mon regard s'évade dans une autre direction. Mais il finit toujours par revenir vers toi.

Déviance, *nf.*

Je n'en revenais pas qu'on puisse posséder autant de chaussures et continuer d'en acheter de nouvelles paires chaque année.

DISSIPER, *v.*

C'est la façon dont tu as annoncé : « J'ai quelque chose à te dire. » J'ai senti la magie se volatiliser d'un coup dans la pièce.

Dissonance, *nf.*

Les nuits où j'ai besoin de dormir et où tu n'y arrives pas. Les jours où j'ai envie de parler et où tu ne veux pas. Les heures où chacun de tes bruits parasite mon silence. Les semaines où il y a un bourdonnement dans l'air et où nous faisons tous les deux semblant de ne pas l'entendre.

E

Effarement, *nm.*

Et pourtant, malgré tous les moments de jalousie, malgré tous les moments de doute, il m'arrive encore, parfois, d'être saisi d'une sorte de stupéfaction à l'idée que nous soyons toujours ensemble. Que quelqu'un comme moi ait pu trouver quelqu'un comme toi – ça me laisse sans voix. Parce que si je devais, par ma voix, expliquer un tel miracle, cela n'aurait sans doute pour effet que de le mettre en péril, de souligner combien il était improbable que les choses tournent ainsi.

Je n'ai parlé à aucun de mes amis de notre premier rendez-vous. J'ai attendu le deuxième, parce que je voulais être certain que c'était réel. Je ne voulais pas croire que c'était bel et bien arrivé tant que ce n'était pas arrivé une seconde fois. Et puis, par la suite, je serais ébahi par le faisceau d'indices, par toutes les lignes qui traçaient un chemin de toi à moi, et de nous à l'amour.

EFFRÉNÉ, *adj*.

J'ai dit un jour à Amanda, ma meilleure amie au lycée, que je ne pourrais jamais être avec quelqu'un qui ne serait pas galvanisé par les orages. Alors, quand notre premier orage a éclaté, c'était une sorte de test. C'était l'une de ces averses soudaines, et quand nous sommes sortis du Radio City Hall, nous avons vu des centaines de personnes fébrilement agglutinées sous la marquise.

« Qu'est-ce qu'on fait ? » ai-je demandé.

Et tu as dit : « On court ! »

Et c'est ce qu'on a fait – dévalant la Sixième Avenue, zigzaguant à toute vitesse parmi la foule qui sortait comme nous de la salle de concert, pavant notre chemin d'éclaboussures à nous tremper les pieds jusqu'en haut des chevilles. Tu as fait la course en tête, et bientôt mes foulées se sont essoufflées. Mais tu t'es alors retournée, puis arrêtée, pour attendre que je te rattrape, que je t'attrape la main, et qu'on continue à courir ensemble sous la pluie, ruisselants et ravis, et, tout à coup, les mots que j'avais prononcés ce jour-là devant Amanda ne relevaient plus de l'exigence mais du présage.

ÉLÉGIE, *nf.*

Ton grand-père meurt quelques mois après que nous nous sommes installés ensemble. Il est évident que je viens avec toi, mais quand on arrive à l'enterrement, les questions se bousculent. Je sais que tu n'as pas fermé l'œil. Je sais que tu as passé la nuit devant ton ordinateur, à essayer de mettre des mots sur ce que tu ressens. Je sais pourquoi tu as dit non quand je t'ai offert mon aide, de même que tu sais pourquoi j'ai malgré tout éprouvé le besoin de te l'offrir. Dans la voiture, tu répètes ton discours. Tu emploies le mot *conflictualité* alors que tu devrais te contenter de dire *conflit*, et tu emploies le mot *remarquabilité*, dont je ne suis même pas sûr qu'il existe. Mais je ne dis rien – je t'écoute simplement les répéter, encore et encore, parce que ce sont les mots que tu as besoin de dire.

Puis nous arrivons, et les premières paroles que prononce ta mère sont : « Pas de discours pendant la cérémonie. » Cela te désarçonne, bien plus que tout le reste ; on dirait soudain que tu es prise dans une zone de gravité instable. Je suis bombardé de toutes parts – la plupart des gens ne savent pas comment je m'appelle, et personne ne sait trop ce que je suis pour toi. Un peu plus qu'un petit ami et un peu moins qu'un époux. J'ai rencontré ton grand-père, une seule fois, et il avait été charmant. Voilà ce dont je peux témoigner pour ma part – que j'ai rencontré ton grand-père, une fois, et qu'il avait été charmant.

Il nous arrive quelque chose, ce jour-là. Ça arrive là, pendant la cérémonie, quand tu ne me lâches pas la main. Ça arrive là, chez ta mère, ensuite, quand on se retire dans la chambre de ton enfance et qu'on fouille dans ta vieille commode, où nous dénichons de vieux bonbons tout desséchés et des bulletins scolaires que tu avais voulu cacher à ta mère. Ça arrive là, quand ta mère fond en larmes après que la plupart des invités ont pris congé, et je n'ai pas besoin que tu me dises quoi que ce soit pour savoir que je ne dois pas quitter la pièce avant que tu n'aies décidé de la quitter avec moi. Nous avons crevé la surface du simple désir pour nous enfoncer dans les retranchements du besoin.

Ce soir-là, sur le chemin du retour, je te demande de me raconter des anecdotes sur ton grand-père, et à mesure que la route nous éloigne de la maison de ta mère et nous rapproche de notre appartement, tu déroules l'écheveau de tes souvenirs pour en fabriquer des histoires. C'est là, assis au volant, que j'apprends la différence entre l'éloge et l'élégie, et que je découvre ce qui est le plus essentiel, dans la vie comme dans la mort.

Elliptique, *adj.*

Le baiser que je préfère est l'un des plus lents. Il est autant souffle que toucher, autant *non* que *oui*. Tu penches la tête de côté, et je dois me tourner un peu pour qu'il advienne.

EMPIÉTER, *v.*

Les trois premières nuits que nous avons passées ensemble, je n'ai pas réussi à dormir. Je n'étais pas habitué à ta respiration, à tes pieds sur mes jambes, à ton poids dans le lit. À dire vrai, aujourd'hui encore je dors mieux quand je suis seul. Mais désormais je reconnais que le sommeil n'est pas toujours la chose la plus importante.

ÉPHÉMÈRE, *adj.*

Je sortais de la salle de bains. Tu venais de consulter tes mails. J'allais me coucher, mais tu m'as intercepté, embrassé, puis tu as pris ma main gauche dans ta main droite et posé ta main gauche dans mon dos. Nous avons commencé à danser lentement. Pas de musique, rien que la nuit. Tu as enfoui ton visage au creux de mon épaule et j'ai enfoui le mien au creux de la tienne. *Dancing cheek to cheek*. Une volte au ralenti, les yeux clos, la cadence des battements de cœur, le fredonnement de la nature. Le temps d'une vieille chanson. Et puis nous nous sommes arrêtés, embrassés, et le monde a recommencé.

ÉPILOGUE, *nm.*

Tu surgis dans l'embrasure de la porte alors que je m'apprête à finir. Tu me demandes ce que j'écris.

« Tu verras, dis-je. Promis. »

Ces mots sont à moi pour l'instant, mais bientôt ils t'appartiendront.

ÉPITHÈTE, *nf.*

Je crois que la pire insulte que tu m'aies jamais lancée est « torche-ragnottes ».

« Tu veux dire un *tampon hygiénique* ? ai-je demandé. Je suis un *tampon* parce que je ne te laisse pas le volant ? »

J'ai ri. Pas toi. Du moins pas avant d'avoir dessoûlé.

Ersatz, *nm.*

Parfois on allait à une soirée et j'avais l'impression d'être un petit ami artificiel, un bouche-trou, un espace vide en forme de petit ami là où il aurait dû y avoir un type charmant. Ce sont les seules fois où mon amour pour toi n'a pas réussi à prendre le dessus sur ma timidité. Et à chaque nouveau signe de déception de ta part – qu'il soit réel ou le fruit de mon imagination –, je disparaissais un peu plus encore, laissant ma doublure hocher la tête, boire une gorgée, dire : « Finis ton verre, on s'en va. »

Éthéré, *adj*.

Tu as enfoui ton visage au creux de mon épaule et j'ai enfoui le mien au creux de la tienne. *Dancing cheek to cheek*. Une volte au ralenti, les yeux clos, la cadence des battements de cœur, le fredonnement de la nature. Le temps d'une vieille chanson. Et puis nous nous sommes arrêtés, embrassés, et mon cœur est resté figé sur place.

Exacerber, *v.*

Je crois que tes mots exacts ont été : « Tu te laisses trop facilement émouvoir. »

Excuse, *nf.*

Je crois que nos deux préférées sont :
1. Pas assez de café.
2. Trop de café.

EXEMPLAIRE, *adj*.

C'est toujours un sujet délicat qui nous force à manœuvrer – le fait que mes parents sont heureux et que les tiens ne l'ont jamais été. Ils me donnent un exemple à suivre, et si j'échoue, ma famille est toujours là pour moi. Toi, il te faut réécrire ton histoire, sans être sûre de pouvoir jamais y parvenir.

Tu aimes mes parents, je le sais bien. Mais tu ne te rapproches jamais trop. Tu n'arrives jamais tout à fait à croire qu'il n'y a pas de cadavres dans le placard.

F

FAILLIBLE, *adj*.

J'étais blessé. Bien sûr que j'étais blessé. Mais d'une manière assez perverse, j'étais aussi soulagé que ce soit toi qui aies commis le faux pas. Ça me permettait de moins m'inquiéter à mon propre sujet

Faux, *nm.*

Sur mon profil Internet, j'avais menti à propos de mon âge. De deux ans seulement – je ne sais même pas pourquoi. Je l'ai rectifié le lendemain de notre premier rendez-vous. Si tu as relevé cette incongruité, tu n'en as jamais parlé.

Finances, *nf pl.*

Tu voulais qu'on laisse la liste sur le frigo.
« Non, ai-je dit. Elle est trop en évidence. »
Ce que je voulais dire, en fait, c'est : *Ça ne te gêne pas de me devoir autant d'argent ?*

Flagrant, *adj*.

J'étais là, juste devant toi, et je te voyais sortir de la salle de bains sans avoir rebouché le tube de dentifrice.

Fléchir, *v.*

L'une des raisons pour lesquelles je préférais lire plutôt que faire l'amour, c'est que lire, ça au moins, je savais faire. À force de patience, tu m'as laissé le temps d'y prendre goût. Et puis, au bout du compte, j'ai même cessé d'y voir une marque de patience.

Fleurette, *nf.*

Je t'ai dit que c'était grotesque de payer trente dollars pour une douzaine de roses le jour de la Saint-Valentin. Je te l'ai formellement interdit.

Et ce jour-là, quand j'ai sorti mon portefeuille à la fin du déjeuner, qu'ai-je découvert ? Trente billets, chacun estampillé d'une rose. Je t'ai imaginée en train de les glisser dans ton imprimante couleurs. Oh ! le sourire qui a dû alors se dessiner sur ton visage. J'ai dû demander à la fille derrière la caisse de se dépêcher de prendre en photo mon propre sourire, afin de te le renvoyer aussitôt.

FLUX, *nm.*

L'état naturel. Nos humeurs changent. Nos vies changent. Nos sentiments changent. Nos repères changent. La chanson change. L'air change. La température de la douche change.

Accepte cela. Nous devons accepter cela.

Fortune, *nf.*

La dernière fille que j'avais rencontrée, avant toi, était si horrible – autocentrée, fumeuse, haleine fétide – que je m'étais juré de me désinscrire du site dès le lendemain matin. Sauf que, quand je me suis connecté, j'ai vu qu'il ne restait plus que huit jours avant que mon abonnement arrive à expiration. Alors je me suis dit que je pouvais bien laisser courir ces huit jours. Tu m'as écrit le sixième.

FOUILLE, *nf.*

Tu m'as dit de prendre de l'argent dans ton portefeuille pour la pizza. J'avais donc la permission, je le jure. Il te manquait cinq dollars, mais rien que pour le plaisir de voir la photo de ton permis de conduire, ça valait le coup de les mettre de ma poche. Et puis j'ai trouvé la photo glissée sous ta carte de mutuelle : toi et moi devant la baie de San Francisco. Je me souviens de cette femme à qui tu avais demandé de nous prendre ; elle ne savait absolument pas comment se servir de l'appareil photo sur ton téléphone. Tu lui as tout expliqué jusque dans les moindres détails tandis qu'elle lâchait des « oh » et des « ah » extasiés. Je restais planté là, sous le vent, piétinant sur place pendant que la photographe donnait ses instructions à son assistante, et je n'arrêtais pas de me dire que c'était moi qui aurais dû avoir l'appareil entre les mains à ce moment-là, parce que vous formiez un tableau vraiment tordant, toutes les deux. Au lieu de quoi nous avons cette photo, floue et joyeuse, qui doit représenter quelque chose à tes yeux, puisque tu l'as tout le temps sur toi, pliée dans ton portefeuille.

FUNESTE, *adj.*

Chaque « je t'aime » mérite-t-il un « je t'aime aussi » ? Chaque baiser mérite-t-il un baiser en retour ? Chaque nuit mérite-t-elle d'être passée auprès de l'être aimé ?

Si la réponse à l'une ou l'autre de ces questions est « non », que fait-on ?

G

GAMME, *nf.*

À huit ans, j'avais tenu le premier rôle de notre comédie musicale de fin d'année en CE2, une version tronquée de *La Mélodie du bonheur*, dont nous n'avions gardé que les chansons où figuraient les enfants Von Trapp. Je jouais Kurt, et toute ma famille – grands-parents, tantes, oncles, parents, même quelques amis proches – était venue m'entendre chanter *adieu, adieu* à *vous et vous et vous*. Ma mère avait pris des centaines de photos, dont l'une a subsisté et trouvé le moyen de se faufiler jusque chez nous : moi, en chemise à fleurs verte, censée évoquer des rideaux. Je souris, très fier de moi et de mon rôle.

Tu l'as vue et tu m'as dit que toi, à huit ans, tu avais joué le rôle d'un arbre dans le spectacle de fin d'année. Tu ne te souviens ni du titre de la pièce, ni de l'histoire. Seulement des branches en carton que tu avais découpées toi-même, parce que ta mère avait autre chose à faire tandis que ton père estimait que ce n'était pas à lui de t'aider. Ils avaient promis de venir, mais ta mère était arrivée en retard et ton père avait oublié. Ce soir-là, tu avais réduit ton costume en charpie, mais personne n'avait remarqué. Tu avais éparpillé les morceaux de cartons dans la forêt sur le chemin de l'école le lendemain. Tu ne te souviens pas de quoi parlait la pièce, mais tu te souviens de la piste de carton que tu avais tracée dans ton sillage.

GESTE, *nm.*

Ta grand-mère meurt quelques semaines après le début de notre relation, et tu décrètes sans la moindre hésitation que tu iras à l'enterrement sans moi. Ton père téléphone pour t'annoncer la nouvelle alors que nous sommes en train de prendre le petit déjeuner, et ne s'appesantit pas. Je te ramène chez toi, je t'aide à faire tes valises, je t'aide à prendre ton billet. Tu refuses de pleurer, ce qui m'en donne envie, à moi. Je t'accompagne à l'aéroport en métro, même si tu me dis que ce n'est pas la peine. Ensuite, je reste chez moi et j'attends ton coup de fil. J'annule tous mes projets, je pousse le volume de la sonnerie à fond. Dès que tu es seule, tu m'appelles, et je te parle pendant cinq longues heures, pour que tu restes bien arrimée à la vie qui est la tienne, ici, et ne te laisses pas engloutir dans la leur. Je ne fais aucun commentaire sur les larmes que tu n'as pas versées, mais au bout d'un moment c'est toi qui en parles, qui dis : « Je crois que j'ai tellement l'habitude de vivre dans une famille à l'agonie que tout ça ne me semble pas vraiment sortir de l'ordinaire. »

Tu gardes le combiné près de toi, sans raccrocher, en t'endormant. Assis dans mon lit, j'écoute ta respiration, jusqu'au moment où je sais que tu vas bien, jusqu'au moment où je sais que tu n'as plus besoin de moi ce soir-là.

Gravité, *nf.*

J'imagine que tu m'as sauvé la vie. Et aussitôt je me demande si je n'ai fait que l'imaginer.

GRÉGAIRE, *adj*.

Très vite, je suis devenu capable de prendre la mesure de l'alcool et de ses effets.

Un verre et tu te détendais un peu, avant d'en commander un deuxième, systématiquement.

Deux verres et tu étais joyeusement éméchée. Tu dégrafais ou enlevais un vêtement. Tu discutais en toute décontraction avec nos amis.

Trois verres et tu commençais à dérailler. À encourager tous les autres à boire aussi. À me charrier, si tu sentais que j'étais d'humeur à ça. À parler avec des inconnus. À dire que tu aimais la vie.

Quatre verres et tu ne comprenais plus rien aux signaux que je t'envoyais. Tu me charriais, que je sois ou non d'humeur, parfois avec cruauté. Tu aimais tout le monde à présent, sauf moi peut-être.

Cinq verres et tu pensais être la personne la plus drôle du monde, et tu avais assez de charisme pour que les autres le croient aussi. Parfois, à ce stade, tu disais à tout le monde à quel point tu m'aimais. Ou alors tu m'ignorais.

Six verres et tu étais au bord du coma.

Tout dépendait de la boisson, bien sûr. Mais ça aussi, j'ai fini par savoir le prendre en compte.

J'attendais toujours le moment de te ramener à la maison.

GRIMACE, *nf.*

Oui, je laisse une bouteille d'eau à côté du lit au cas où j'aurais soif pendant la nuit. Mais aussi pour le matin, pour que tu puisses en boire une gorgée avant de m'embrasser.

H

HARDIESSE, *nf.*

Chaque fois que je dis que tu es à moi, j'ai l'impression de forcer les choses, comme si le simple fait de le dire le rendait vrai. Comme si je te rappelais, et rappelais à l'univers tout entier : *à moi*. Comme si ce seul mot, prononcé par moi, avait un tel pouvoir.

HASARD, *nm.*

Tu as dit qu'il n'aurait même pas dû participer à la convention, mais l'un de ses collègues était tombé malade et il avait dû le remplacer au pied levé. Il n'aurait pas dû se trouver là, quand tu es entrée dans le bar avec Toby, as-tu dit. Comme si ça changeait quoi que ce soit, que le destin n'ait pas tout planifié depuis des semaines.

HEUREUX, *adj.*

Jour de neige. Les métros ne circulent plus, ton bureau a fermé, mon bureau a fermé. Nous nous remettons au lit, emmitouflés dans les couvertures – air froid, corps chauds. Blottis l'un contre l'autre, nous laissons filer la matinée, puis, prenant notre courage à deux mains, nous sortons marcher dans les rues désertes et enneigées, la ville entière plongée dans un silence inusité, que nous ne tardons pas à briser en nous lançant dans une bataille de boules de neige. Un groupe d'ados se joint à la partie. Nous rentrons chez nous transis et transpirants, puis, après un chocolat chaud, raté le premier coup, nous finissons la journée de nouveau au lit, dont nous ne nous extirpons que pour faire rouler la télé dans la chambre, commander à manger chinois et regarder si la neige continue de tomber, tomber et tomber encore – et oui, elle continue.

HIATUS, *nm.*

« Comme tu veux », as-tu dit – la magnanimité du traître envers celui qu'il a trahi.

Mais je ne crois pas aux petites séparations. J'ai le sentiment qu'une séparation est une séparation, et si petite soit-elle au début, elle ne peut que se prolonger.

Alors j'ai dit que je voulais que tu restes, même si rien ne pouvait rester comme avant.

HURLER, *v.*

Je pensais parfois à nos échanges verbaux en termes de verbes – les verbes que nous utiliserions pour les retranscrire. Chaque fois que le verbe *dire* me venait à l'esprit, je savais que tout allait bien. *Demander* ou *répliquer* – terrain déjà plus instable. Même *plaisanter* avait quelque chose de limite. Et *hurler* – là, attention, problème. *Crier* pouvait tout simplement signifier que l'autre était trop loin pour entendre. Mais *hurler* – ça voulait dire qu'on était au bord de l'explosion.

Les portes ne claquaient pas bien dans notre appartement. Quand on voulait claquer une porte, il fallait sortir dans le couloir ou s'enfermer dans la salle de bains. C'étaient les seules options.

HYGIÉNIQUE, *adj.*

Il m'arrive parfois, quand je suis seul, de me dire : C'est ça. L'état naturel des choses, c'est ça. Je n'ai besoin de rien d'autre que mes pensées, mes petits actes de création et ma liberté d'aller où je veux, de faire ce que je veux. Je suis moi-même, tout est là. Le couple relève de l'artifice social. Ce n'est en aucun cas nécessaire à tout le monde. Peut-être suis-je mieux ainsi. Peut-être pourrais-je vivre dans mon propre monde, et le quitter, simplement, à l'heure dite.

HYMNE, *nm*.

C'était notre sixième (ou septième) rendez-vous. J'avais fait la cuisine et tu avais insisté pour faire la vaisselle. Tu ne m'avais même pas laissé essuyer. Et puis, quand tu as fini, tout imprégnée d'odeurs de savon, tu t'es rassise et je t'ai resservi un verre de piquette. Tu as allongé tes jambes sur mes genoux et tu t'es affalée comme si on venait de terminer un festin de roi et que tu étais la seule domestique de service ce soir-là pour tout nettoyer.

Il y a eu un silence. Le moindre trou dans la conversation m'effrayait encore ; j'avais peur que tout soit fini, qu'on ait atteint le moment où nous n'aurions plus rien à nous dire. J'essayais encore de t'impressionner, et j'avais encore envie que tu m'impressionnes, afin de pouvoir raconter à mes amis combien tu étais impressionnante, me persuadant moi-même que c'était possible.

« Si tu étais un pays, ai-je dit, ce serait quoi, ton hymne national ? »

Je voulais dire une chanson qui existe déjà – « What a Wonderful World » ou « Que Sera, Sera », ou quelque chose de marrant, par exemple « Hey Ya ! » (« Ce que j'aimerais, plus que tout au monde, c'est que mon pays soit secoué comme un Polaroïd »).

Mais tu as répondu : « Il faudrait que ce soit un blues. » Et alors tu as renversé la tête en arrière, tu as fermé les yeux, et tu t'es mise à chanter une mélopée de blues :

Nah-nah-nah-nah
Je m'crève au taf
Nah-nah-nah-nah
Mais faut bien payer son loyer
Nah-nah-nah-nah
Mes parents m'ont jamais aimée
Nah-nah-nah-nah
Et depuis j'ai l'cœur en vrac
Nah-nah-nah-nah
J'sais bien pourquoi j'suis là
Nah-nah-nah-nah
Pour faire briller ta vaisselle
Nah-nah-nah-nah
Mais j'te préviens t'emballe pas
Nah-nah-nah-nah
J'suis branque mais ça s'voit pas
Nah-nah-nah-nah
Y a tant d'hommes avant toi
Nah-nah-nah-nah

Qui sont tombés dans l'panneau
Nah-nah-nah-nah
Mais toi, mon gars, j'te l'dis tout de go
Nah-nah-nah-nah
Faut croire qu'tu vas changer tout ça
Nah-nah-nah-nah
Parce que j'suis une nation pleine de fierté
Nah-nah-nah-nah
C'est marqué là sur mon drapeau
Nah-nah-nah-nah
Le monde est une pourriture, mon beau
Nah-nah-nah-nah
Alors t'as intérêt à me faire rigoler.

Et puis tu t'es arrêtée, tu as ouvert les yeux et tu m'as regardé. J'ai applaudi.

« Reste pas là à taper des mains, as-tu dit. Masse donc les pieds de cette pauvre chanteuse de blues. »

Tu ne m'as jamais demandé ce que serait mon hymne. Mais ce n'est pas grave, parce que je ne sais toujours pas ce que je répondrais.

I

Idée, *nf.*

« J'arrête, dis-tu. Je n'en reviens pas à quel point j'étais bourrée. Cette fois, j'arrête pour de bon. »

Et je te dis que je t'aiderai. À ce stade, c'est presque devenu un sketch.

IMMOBILIER, *nm.*

Tu savais que j'étais paresseux et que ce serait donc à toi de trouver l'appartement. Et j'ai joué le jeu, en partie parce que je ne savais pas comment tu aurais réagi si je t'avais appelée un après-midi pour t'annoncer : « J'ai trouvé un appart' fabuleux. » Tu voulais le trouver toute seule, et je suis donc devenu l'avis secondaire.

Ces histoires de baux ont failli avoir ta peau. Je trouvais ça touchant et presque triste, cet acharnement désespéré à trouver un tant soit peu de civilité – d'enthousiasme, même – dans le marché de l'immobilier new-yorkais. Mais il n'y avait que toi, après dix jours de recherches éreintantes, pour dénicher non seulement un appartement convenable mais un agent immobilier qui finirait par devenir un ami. La première fois que je suis venu le visiter, tu avais déjà pris ta décision. Et j'ai vite pris celle de te laisser décider de tout. Tu te voyais déjà chez nous, et ça me suffisait amplement.

Enfin, ça et le lave-vaisselle.

IMPERCEPTIBLE, *adj.*

Nous avons cessé d'évaluer la durée de notre relation en comptant les rendez-vous (premier rendez-vous, deuxième rendez-vous, cinquième rendez-vous, septième) et commencé à compter les mois. C'est peut-être de ce moment que date le début du véritable engagement, ce glissement terminologique. Nous n'en avons jamais parlé, mais un jour, à une soirée, quelqu'un a demandé depuis combien de temps nous étions ensemble, et quand tu as répondu : « Un mois et demi », j'ai compris que nous avions franchi ce cap.

IMPLORER, *v.*

Spéciale dédicace à ta collègue Marilynn.

Marilynn, par pitié, arrêtez de parler de la grossesse de votre sœur.

Et par pitié, arrêtez d'arriver en retard.

Et par pitié, arrêtez d'inviter ma compagne à boire un verre.

Et par pitié, arrêtez de fredonner quand vous tapez à l'ordinateur.

J'en ai marre d'entendre parler de tout ça.

IMPROMPTU, *nm.*

L'été, je ne travaille pas le vendredi ; toi, si. Quel meilleur prétexte pour t'emmener déjeuner et te retenir tout l'après-midi ? Réserver ces après-midi pour faire tout ce que nous offre la ville et que nous ne prenons jamais le temps de faire – flâner dans les galeries du MoMA, s'arrêter au Hayden Planetarium, sauter sur le premier ferry en partance pour Staten Island et faire un rapide aller-retour, puis un autre, regarder les gens défiler sous nos yeux, se donner en spectacle malgré eux. Tu as l'œil pour les tenues vestimentaires, plus que moi, et c'est un bonheur que de t'entendre les commenter sans discontinuer, imaginer des vies entières à partir d'un vieux sac à main ou d'une chemise trop déboutonnée. Si nous avions planifié ces petites escapades, elles n'auraient jamais fonctionné. Il faut qu'il y ait ce sentiment d'évasion.

INADVERTANCE, *nf.*

Tu avais laissé ta boîte mail ouverte sur mon ordinateur. Je n'ai pas pu résister – je n'ai lu aucun des messages mais j'ai regardé de qui ils provenaient, et j'ai été soulagé.

INCESSANT, *adj.*

Les doutes. Il fallait que tu me sauves de mes doutes constants. Ce sentiment profond que je n'étais vraiment bon à rien – j'étais un imposteur au boulot, je ne te valais pas, mes amis m'oublieraient si je m'en allais ne serait-ce qu'un mois. Ce n'était pas aussi simple que si j'entendais des voix – personne ne me disait tout cela. C'était simplement quelque chose que je savais. Tout le monde jouait le jeu, mais j'étais certain qu'un jour, ils arrêteraient.

Indélébile, *adj.*

Cette première nuit, tu as tendu un doigt et tu l'as approché du sommet de ma tête, puis tu l'as fait glisser entre mes yeux, sur mon nez, mes lèvres, mon menton, mon cou, et jusqu'au milieu de ma poitrine. Ce geste m'a tellement surpris que j'ai su que je ne pourrais jamais le reproduire. Il t'appartiendrait, à toi seule, pour toujours.

INEFFABLE, *adj.*

Ces mots finiront par n'être que des réflexions creuses, dépourvues de toutes les sensations que les mots ne savent exprimer. Essayer d'écrire sur l'amour, c'est, au bout du compte, comme essayer de peindre la vie à l'aide d'un dictionnaire. Si nombreux soient les mots qu'il contient, il n'y en aura jamais assez.

INFIDÈLE, *nm.*

Quand nous pensons à eux, nous les imaginons cachés dans le maquis – des rebelles, des bandits, des voyous révolutionnaires. Mais, au fond, ne sont-ils pas simplement coupables d'infidélité ?

INNÉ, *adj.*

« Pourquoi est-ce que tu fais toujours le lit ? ai-je demandé. Puisqu'on va se recoucher dedans ce soir. »

Tu m'as regardé comme si j'étais le pire flemmard que tu aies jamais vu.

« J'ai toujours fait comme ça, c'est tout, as-tu répondu. Il fallait toujours qu'on fasse notre lit. Toujours. »

INSTANTANÉ, *nm.*

Un dimanche de torpeur. Tu lisais le journal et je débarrassais la table après le petit déjeuner. La lumière entre les lattes des stores faisait briller ta chevelure d'un éclat différent chaque fois que tu changeais de position. Tu as senti que je te regardais, tu as levé les yeux.

« Quoi ? as-tu dit.

— Je me demandais, ai-je fait. Quelle image tu as de toi-même ? »

Tu as baissé les yeux sur ton journal, puis tu les as relevés vers moi.

« Je ne sais pas, as-tu dit. Je ne me vois jamais vraiment. Et quand ça m'arrive, en général c'est sous les traits d'une fille de dix-huit ans qui se demande bien ce qu'elle fout dans l'existence. Toi ? »

Et je t'ai répondu : je pense à cette photo de moi que tu as prise, à Montréal. Tu m'avais dit de sauter en l'air, et du coup, sur cette photo, mes pieds sont décollés du sol. Plus tard, je t'avais demandé pourquoi tu avais voulu que je fasse ça, et tu m'avais dit que c'était le seul moyen pour que je ne me préoccupe pas de la tête que je faisais. Tu avais raison. Je ne pose absolument pas, je suis complètement authentique. Dans mon esprit, c'est ainsi que je me vois, saisi dans la réaction que tu suscites en moi.

INTÉGRAL, *adj.*

J'étais très nerveux à l'idée de rencontrer Kathryn. Tu m'avais clairement fait comprendre que c'était la seule de tes amies dont l'opinion comptait vraiment à tes yeux, alors j'ai passé plus de temps à m'apprêter pour cette rencontre que je ne l'avais jamais fait pour un rendez-vous avec toi. Nous nous sommes retrouvés dans ce restau japonais sur la Septième Avenue, et je lui ai maladroitement serré la main, puis je lui ai dit que j'avais beaucoup entendu parler d'elle, ce qui donnait l'impression que j'essayais de légitimer votre amitié, alors que c'était moi qui avais besoin de son approbation. Je me suis senti en terrain plus sûr quand on a commencé à parler de livres ; elle paraissait impressionnée que je les lise pour de vrai. Elle a fait quelques remarques sur la stabilité de mon travail, la stabilité de ma famille. Je n'étais pas tout à fait sûr d'aspirer à être stable, mais, voyant que j'étais mal à l'aise, elle m'a assuré que c'était une qualité, que ce n'était pas vraiment ton genre, d'habitude. Nous nous sommes aperçus que nous étions allés en colo dans des camps de vacances à moins de dix minutes l'un de l'autre, et voilà, c'était parti. Tu étais soudain perdue au milieu de nos souvenirs des Berkshire et des longs moments que nous avions passés, sans les apprécier à l'époque, sur la pelouse de Tanglewood.

À la fin du dîner, j'ai eu droit à une accolade, pas une poignée de main. Elle avait l'air tellement soulagée. J'aurais dû être content… mais ça n'a eu pour effet que de susciter chez moi des interrogations sur les types que tu lui avais présentés par le passé. Je me demandais pourquoi je m'écartais à ce point, apparemment, de la norme.

J

JE, *pr. pers.*

Moi sans personne d'autre.

Jeûne et jeune, *n.* et *adj.*

La faim et l'appétit. Le nom et l'adjectif. C'est entre ces deux extrêmes que je me retrouve piégé. Le jeûne est l'opposé du désir. C'est la négation du désir. C'est ce que je ressens après coup, chaque fois qu'on se dispute.

Quant à la jeunesse, à sa précipitation irréfléchie, c'est elle qui nous mène à notre perte. Nous agissons de façon impulsive, nous en disons trop, nous ne laissons pas le temps à toutes les synapses de se connecter entre elles avant de faire ce dont nous devrions nous abstenir.

Tu en fais tout un spectacle. Portes qui claquent. Objets renversés. Hurlements. Mais je me contente de partir. Même si je reste planté là, en réalité je m'en vais. Je te refuse. Je te nie. Je suis un adjectif qui, bientôt, se transforme en nom.

Joute, *nf.*

C'est à qui, de nous deux, sera le plus sceptique. Cela va de *L'Amérique n'élira jamais un Juif à la présidence* jusqu'à *Le prochain vainqueur de l'émission American Idol sera le type le plus jeune, le plus mièvre et le plus mignon-tout-plein*. Notre façon à nous, en quelque sorte, de rejouer cette vieille chanson – « Tout ce que tu fais, je peux le faire en pire ».

Sauf que.

Au bout du compte, nous voulons tous deux que les choses finissent bien, que ce soit le meilleur qui gagne, l'idée la plus juste qui l'emporte. Nous n'y croyons pas, mais nous persistons à l'espérer. Nous n'avons, ni l'un ni l'autre, jamais baissé les bras, sur rien.

JUGULER, *v.*

« Il faut que ça cesse, dis-je. Il faut que tu arrêtes de me faire du mal. Je n'en peux plus. Je n'en peux vraiment plus.

— Je sais que tu n'en peux plus, dis-tu. Mais est-ce réellement ma faute ? »

J'essaie de me convaincre que c'est l'alcool qui parle. Mais l'alcool ne parle pas. Il est juste là, dans la bouteille. Il ne peut pas en sortir tout seul.

« Justement, oui, c'est ta faute », te dis-je. Mais tu as déjà quitté la pièce.

JUSTICE, *nf.*

Je te parle de Sal Kinsey, le garçon qui m'a craché dessus tous les matins pendant un mois en cinquième, au point que je ne pouvais même plus prendre le bus. Ce n'est qu'une anecdote, rien de plus. D'ailleurs, je ne te la raconte que parce que je t'ai dit qu'il n'y a pas beaucoup de personnes en ce monde que je déteste, et que tu m'as dit que c'est difficile à croire, alors j'ai dit : « Bon, d'accord, il y a Sal Kinsey », et du coup il faut bien que je m'explique.

Le lendemain, tu me montres une photo de lui aujourd'hui, téléchargée sur Internet. Il est *d'une obésité morbide* – l'une de mes expressions préférées, si gothique, si catégorique. Il a l'air pitoyable, et le profil que tu as déniché précise qu'il est célibataire et recherche activement quelqu'un.

Je crois que ça va s'arrêter là. Mais le lendemain soir, tu m'annonces que tu as réussi à trouver son adresse professionnelle. Et ce n'est pas tout, tu lui as envoyé une douzaine de roses et écrit sur la carte : *C'est vraiment merveilleux de savoir que tu es devenu un gros tas misérable et seul au monde.* Anonyme, bien sûr. Tu as même commandé le bouquet sur Internet, pour que le fleuriste ne puisse divulguer aucune information personnelle à ton sujet.

Je ne peux m'empêcher d'admirer les trésors d'imagination que tu es capable de déployer en matière de vengeance. Et en même temps, ça me fait peur.

Juxtaposition, *nf.*

Ça m'effraie de m'apercevoir à quel point j'ai du mal à me souvenir de la vie avant toi. Je n'arrive même plus à comparer, parce que mes souvenirs de cette autre époque sont aussi lointains que des photos. Il paraît idiot de se prêter au petit jeu du *mieux* et du *moins bien*. *Ce qui est* et *ce qui n'est plus* – tout se résume à ça désormais.

K

Kamikaze, *nm.*

Dorénavant, quand tu viens à une fête organisée par mon bureau, tu n'as droit qu'à un seul verre. Un seul. De préférence une bière.

Kinésique, *adj.*

Joanna m'a demandé de te décrire en un mot, et j'ai dit : « Kinésique. »

Nous avons tous deux été surpris par cette réponse. D'habitude, après un premier rendez-vous, je disais plutôt : « J'sais pas trop... cool », ou « Pas mal », ou encore, au paroxysme de l'enthousiasme, « Peut-être bien que ça peut marcher ». Mais il y avait quelque chose en toi qui m'évoquait des étincelles, le mouvement.

Je le vois encore aujourd'hui. Moins quand on n'est que tous les deux. Plus quand on est entourés d'autres gens. Quand tu es au centre de la vie – et que tu tends les mains pour en capter toute l'énergie.

L

LABORIEUX, *adj*.

Et quand Kathryn t'avait demandé comment j'étais, j'étais certain que tu avais répondu : « Laborieux. »

C'est pour cette raison que j'ai attendu que ce soit toi qui m'invites pour un deuxième rendez-vous. Juste histoire d'être sûr que je ne t'avais pas monstrueusement déçue.

LATITUDE, *nf.*

« On est d'accord pour… enfin je veux dire… on ne va pas voir ailleurs ni l'un ni l'autre, hein ? » ai-je demandé. Nous venions à peine de franchir le cap des un mois, je crois.

Tu as hoché la tête.

« Parfait, ai-je dit.

— Mais il faut que je t'avoue quelque chose, as-tu ajouté, et mon cœur s'est serré.

— Quoi ?

— Au début, je voyais quelqu'un d'autre. Pendant la première ou les deux premières semaines seulement. Ensuite je lui ai dit que ça ne marcherait pas entre nous.

— À cause de moi ?

— En partie. Et en partie parce que ça n'aurait pas marché de toute façon. »

J'étais content de ne pas avoir su que j'étais en compétition ; je ne sais pas si j'aurais pu le supporter. Mais c'était tout de même étrange, de se rendre compte tout à coup que ma version de ces premières semaines n'avait rien à voir avec la tienne.

Quelle expression étrange – *ne pas aller voir ailleurs*. Comme si c'était en soi une trahison.

Mais nous allons constamment voir ailleurs. Toute la question est de savoir ce que nous y faisons.

Libidineux, *adj*.

Je n'avais jamais compris qu'on puisse avoir envie de faire l'amour par terre. Jusqu'à ce que je te rencontre et que je comprenne : on n'a pas conscience une seule seconde d'être par terre.

LIVIDE, *adj*.

Va te faire foutre pour m'avoir trompé. Va te faire foutre pour avoir réduit tout ça au mot *tromper*. Comme si tout ça n'était qu'un jeu et que tu avais commis une simple erreur. Qui a inventé ce mot, d'abord ? Quelqu'un qui trompait, j'imagine. Quelqu'un qui devait se dire que le mot *trahison* était trop fort. Quelqu'un qui devait se dire que le mot *dévastateur* était trop grandiloquent. Sans doute le même type qui s'est dit un jour que, oups, il s'était fait *prendre la main dans le sac*. Va te faire foutre. Ce n'est pas d'un faux billet de Monopoly que tu aurais pris par erreur qu'on parle, mais de nos vies. Tu as brisé nos vies. Tu n'as pas seulement *trompé* – tu as fait bien pire. Tu as tué quelque chose. Et tu l'as tué alors qu'il avait le dos tourné.

LONGTEMPS, *adv.*

J'adore l'imprécision des termes temporels. *Il est revenu longtemps après* – ça peut vouloir dire quelques minutes, ou plusieurs heures, des jours, des années.

Il m'est facile d'affirmer que j'ai mis longtemps à savoir. Je ne peux pas être plus précis que ça. Il y a eu des moments où j'ai entrevu cette certitude, bien sûr. Des fois où j'ai pu me dire : oh, c'est la bonne. Mais le moment exact où je suis passé de l'espoir en attente d'être confirmé à la certitude constamment remise en question ? Impossible de le déterminer.

Peut-être ce moment n'est-il jamais arrivé. Peut-être est-il advenu dans mon sommeil. Sans doute n'y a-t-il jamais d'événement déclencheur, mais plutôt une accumulation régulière de *longtemps*.

LOUVOYER, *v.*

Pendant ces quelques semaines au début, après que tu m'avais tout avoué, je n'étais pas sûr que nous y arriverions. Après avoir consacré tant d'efforts, pendant si longtemps, à être sûrs l'un de l'autre, sûrs de tout ça, soudain nous ne l'étions plus. Je ne savais plus si je devais te toucher ou non, dormir avec toi, coucher avec toi.

J'ai fini par déclarer : « C'est terminé. »

M

MACABRE, *adj.*

S'il te fallait une preuve de mon amour, le fait que je t'aie laissée me déguiser en enfant Jésus mort pour Halloween devrait faire l'affaire. Même si, j'imagine, c'eût été encore plus probant si ce n'avait pas été pour Halloween.

Manque, *nm.*

Hier soir, j'ai pris mon courage à deux mains et je t'ai demandé si tu avais des regrets à propos de nous.

« Il y a des choses qui me manquent, as-tu dit. Mais si je ne t'avais pas, il m'en manquerait encore plus. »

MANUEL, *adj.*

J'avais toujours cru que le monde se divisait en deux catégories : ceux qui ne savent rien faire de leurs mains, et ceux qui savent. Dans la mesure où j'avais toujours appartenu au premier groupe – le genre à appeler le propriétaire à la moindre fuite de robinet –, j'espérais que tu faisais partie du deuxième. Mais dès que nous avons emménagé ensemble, je me suis aperçu qu'il existait une troisième catégorie : les inventeurs. Tu ne possèdes que de vagues notions en matière de bricolage, mais ça ne t'empêche pas d'utiliser du chewing-gum en guise de mastic, ou d'essayer de fabriquer des pièges à souris indolores avec des biscuits au beurre de cacahuète, la coque vide d'un aspirateur à main et la photo d'un épouvantail découpée dans un magazine de mode.

Les choses finissent rarement par être réparées comme elles devraient l'être.

MASOCHISTE, *adj*.

S'il n'existait pas de mot pour décrire notre masochisme, en aurions-nous autant conscience ?

MÉANDRE, *nm.*

«… non, parce que c'est vrai, quand on y réfléchit bien, les groupes cultes qui ont fait deux tubes, ça n'existe pas. Donc mieux vaut signer une seule chanson que tout le monde connaît, plutôt que de la gâcher par un deuxième titre qui ne fera qu'un demi-succès. Enfin c'est vrai, quoi, qu'est-ce qu'on en a à battre du deuxième single de Soft Cell, du moment qu'on a "Tainted Love" ? »

Je m'arrête. Tu continues de m'écouter.

« Attends, dis-je. De quoi je parlais déjà ? Comment est-ce qu'on en est arrivés à "Tainted Love" ?

— Voyons voir, dis-tu. Je crois qu'on a commencé, en gros, par les victoires du parti démocrate dans le Sud, puis on est passés aux élections de 1948, en faisant un bref détour par la vision nordiste du Sud, telle qu'en témoignent *Potins de femmes*, *La Naissance d'une nation*, Johnny Cash et *Beignets de tomates vertes*. De là, on a enchaîné sur *Ne tirez pas sur l'oiseau moqueur*, sa dimension à la fois sudiste et universelle, ce qui – arrête-moi si je me trompe – nous a amenés à Harper Lee et le fait qu'elle n'a jamais écrit d'autre roman après celui-là, le tout entrecoupé de réflexions sur la théorie, sans doute fausse, selon laquelle c'est Truman Capote en réalité qui l'aurait écrit, puis nous avons embrayé sur les prodiges littéraires qui n'avaient jamais écrit qu'une seule œuvre, en les comparant aux prodiges à une seule œuvre dans le monde de la musique, pour souligner à quel point ils occupaient une place à part dans notre culture. Je crois.

— Merci, dis-je. C'était merveilleux. »

MOTIF, *nm.*

Tu ne m'aimes pas autant que je t'aime. Tu ne m'aimes pas autant que je t'aime. Tu ne m'aimes pas autant que je t'aime.

N

NAISSANT, *adj.*

« Je n'aime pas les bébés, voilà tout, as-tu dit tandis que je te raccompagnais chez toi.

— Ce n'est peut-être pas le moment d'avoir cette conversation, t'ai-je dit.

— Comme tu veux. Je disais ça comme ça. Je n'aime vraiment pas les bébés. Voilà, comme ça tu le sais. Je ne veux pas te le cacher.

— Mais nous l'avons déjà eue, cette conversation, ai-je dit. Et d'autres où tu disais que tu adorais les gosses. Mais la dernière fois que nous en avons parlé, tu venais de te faire vomir dessus par le gamin de Lila. »

Je n'aurais pas dû évoquer cet épisode. Tu t'es figée pendant quelques instants et je me suis dit : *Mon Dieu, non, je t'en supplie, ne te mets pas à vomir maintenant, rien que pour illustrer le propos.*

Mais tu as retrouvé ta contenance.

« C'était juste pour dire. Je ne supporte vraiment pas les bébés. »

J'aurais dû laisser tomber. Au lieu de quoi j'ai demandé : « Mais tu n'as pas envie de transmettre tes gènes fabuleux ? »

Narcissisme, *nm.*

Tu n'en revenais pas que je n'aie pas de miroir en pied.

NÉOPHYTE, *nm.*

Des millions et des millions de gens sont passés par là avant moi – alors pourquoi est-ce que personne n'est capable de me donner de bons conseils ?

NOMENCLATURE, *nf.*

Tu t'es levée pour t'étirer, et j'ai dit : « Hé, bouge ! Tu es devant Ivan. »

Tu as regardé la télé et tu as dit : « C'est Tina Fey. »

J'ai essayé de rester imperturbable en t'expliquant : « Non. La télé. C'est la télé qui s'appelle Ivan.

— La télé a un nom.

— Oui. Et tu ne devineras jamais ce que c'est.

— Est-ce que tous les objets ici portent un nom ? »

La réponse était non. Seulement Ivan. Parce qu'à l'époque où je l'avais achetée avec Joanna, je lui avais promis que je l'appellerais Ivan.

Mais ce n'est pas ce que je t'ai répondu. J'ai dit que j'avais en effet donné un nom à tous les objets.

Tu as désigné le canapé.

« Olga », ai-je dit.

Le frigo.

« Calvin. »

La table de la cuisine.

« Selena. »

Le lit.

« Otis, ai-je dit. Le lit s'appelle Otis. »

Tu as pointé du doigt l'abat-jour au-dessus de nos têtes.

« Je t'en prie, ai-je dit. Qui aurait l'idée de donner un nom à un abat-jour ? »

***N*ON SEQUITUR**, *nm.*

This is what it sounds like when doves cry.

O

OBSTINÉ, *adj*.

Parfois ça tourne à la compétition : qui est le plus têtu, l'amour ou les deux personnes prises dans ses filets en train de se disputer ?

Onde, *nf.*

« Kathryn est mille fois plus fan que moi de Vampire Weekend, as-tu dit. Tu n'as qu'à lui demander à elle de t'accompagner à ce concert. »

Et c'est ainsi que nous avons fait notre première sortie ensemble, sans toi – étrange, hésitante, un peu honteuse. La meilleure amie et le petit ami – pas moyen de savoir comment partager l'addition. Parler de toi serait déloyal, bizarre. Mais qu'avions-nous d'autre en commun ?

Ah si. Vampire Weekend.

Mais pendant le dîner, j'ai dit quelque chose qu'elle a trouvé drôle, et quand elle s'est mise à rire, je n'ai pas pu m'empêcher de dire : « Incroyable, vous avez le même rire, toutes les deux. C'est l'une qui a influencé l'autre, ou est-ce que vous avez toujours eu ce rire ? » Et c'était parti. Elle espérait, m'a-t-elle dit, que partager le même lit que toi me réussissait mieux qu'à elle lors de votre road trip en deuxième année de fac – tu prenais toute la place et tu ronflais si fort que, une nuit, elle s'était levée pour aller dormir dans la baignoire. Tu n'avais rien remarqué, et le lendemain matin tu avais ouvert le robinet pour prendre ta douche sans même t'apercevoir qu'elle était encore dedans. Aujourd'hui encore, elle ne savait pas qui avait hurlé le plus fort. Et je lui ai raconté la fois où j'en avais tellement marre que tu ramènes toutes les couvertures à toi que j'avais décidé, ce qui dans les brumes du sommeil me paraissait parfaitement logique, que la meilleure chose à faire serait de les attacher autour de mes jambes, de faire un nœud et tout le bazar, et quand tu avais essayé d'accaparer tous les draps, cette nuit-là, tu avais fini par me coller contre toi en les agrippant, et j'avais été si surpris que je m'étais réveillé en sursaut, cassé la gueule du lit et retrouvé à deux doigts de la commotion cérébrale.

« Oui, c'est comme ça qu'on finit toujours avec notre très chère amie, a-t-elle dit d'un ton narquois. À deux doigts de la commotion cérébrale. »

On n'est pas non plus allés jusqu'à se tenir la main pendant le concert. On n'est pas allés prendre un verre de vin, écumer les bars ou siroter un milkshake ensemble, après. Mais ça me plaisait qu'elle ne t'appartienne plus exclusivement. Nous avons eu quatre heures d'histoire rien qu'à nous, sans toi.

ORACLE, *nm.*

Quand j'étais en CE2, à la récré, on jouait à faire tourner une pomme en la tenant par la tige et en récitant l'alphabet, une lettre à chaque tour. Quand la tige se brisait, la lettre à laquelle on s'était arrêté vous révélait le nom de la personne dont vous étiez amoureux.

Chaque fois que je jouais à ce jeu, je me débrouillais pour que la tige se brise à la lettre *K*. À l'époque, je faisais ça parce qu'il n'y avait personne dans ma classe dont le nom commençait par un *K*. Ensuite, au collège, j'avais le don de ne tomber amoureux que de *K*. Ça m'a suffi pour me dégoûter de cette lettre, et je n'ai fait le lien avec toi que beaucoup plus tard, le jour où j'ai vu ta signature sur un reçu de carte de crédit, et la seule lettre qui ressortait de manière lisible était ce *K* initial.

Je l'avoue : quand je suis rentré chez moi ce soir-là, je suis allé prendre une pomme dans le frigo. Mais j'ai arrêté de tourner à *J*, et je l'ai reposée.

Je ne me faisais pas confiance, tu comprends. Je savais que, même si la pomme n'était pas prête, je briserais la tige de force.

P

Paléontologie, *nf.*

Tu n'en revenais pas que la relation la plus longue que j'aie eue de toute ma vie n'ait duré que cinq mois.

« De toute ta vie ? » as-tu répété, comme si j'avais oublié une période où j'aurais été marié.

Je ne pouvais pas dire : « Je ne suis jamais tombé sur quelqu'un qui m'intéresse plus que ça », parce que nous n'en étions qu'à notre deuxième rendez-vous, et le jury n'avait pas encore fini d'examiner ton dossier.

Je suis resté assis là à t'écouter faire l'archéologie de tes amants passés, exhumer leurs ossements sur la table devant moi. Je changeais leur configuration, j'essayais de les réassembler, ne serait-ce que pour voir s'ils me ressemblaient d'une manière ou d'une autre.

PANOPLIE, *nf.*

On s'en est tenus au plan initial : tu avais tes étagères et j'avais les miennes. Sur les tiennes, il n'y avait que des livres, la plupart datant de la fac, tandis que les miennes étaient encombrées de bibelots souvenirs achetés par mon incarnation préadolescente, de CD orphelins de leur boîtier, de tasses aux armoiries de facs où avaient étudié des amis oubliés, et de pots de confiture remplis de pièces de monnaie (juste au cas où, pour je ne sais quelle raison, je devrais soudain apporter tout ce que nous possédions au lavomatic).

Ça n'a jamais paru te déranger. Même si tu m'as dit un jour : « Si nos étagères jouaient à la balançoire, mes affaires resteraient suspendues en l'air. »

Je ne savais pas si c'était une critique ou une complainte. Mais il y avait en tout cas une leçon que j'avais retenue : que ce soit l'une ou l'autre, il n'existe pas de bonne réponse.

Pérégrinations, *nf pl.*

Jamais auparavant je n'avais dû apprendre à quelqu'un à voyager. Te bourrer de tranquillisants pour l'avion, te traîner dans les rues de Montréal, Seattle, San Francisco. Tes parents ne t'avaient jamais emmenée en voyage quand tu étais petite, ni du temps où ils étaient encore ensemble, ni après leur séparation, et je crois que ça a émoussé ton sens de l'exploration. En tout cas, c'est ma théorie. J'ai tout de même fini par te convaincre des plaisirs de la géographie de l'évasion. Même si je dois bien reconnaître que, pour toi, le plus grand de ces plaisirs demeure encore et toujours la sieste de l'après-midi.

Permission, *nf.*

J'ai le droit de signer certaines de tes cartes de Noël ; d'autres, non.

Persévérer, *v.*

Pendant ces quelques semaines au début, après que tu m'avais tout avoué, je n'étais pas sûr que nous y arriverions. Après avoir consacré tant d'efforts, pendant si longtemps, à être sûrs l'un de l'autre, sûrs de tout ça, soudain nous ne l'étions plus. Je ne savais plus si je devais te toucher ou non, dormir avec toi, coucher avec toi.

J'ai fini par déclarer : « C'est terminé. »

Tu t'es mise à pleurer, et j'ai précisé aussitôt : « Non – je voulais dire que cette partie-là est terminée. Maintenant il faut qu'on passe à la suivante. »

Placide, *adj.*

J'aime parfois qu'on se contente de rester allongés sur le dos, le regard perdu dans le vague, immobiles.

Ponctuer, *v.*

Réplique soufflée à l'intervieweur imaginaire :

Q : En définitive, qu'aurez-vous appris ?

R : Que la clé d'une histoire d'amour réussie ne réside pas uniquement dans le choix des mots, mais aussi dans celui de la ponctuation. Quand on est amoureux de quelqu'un, un point d'interrogation bien placé peut faire toute la différence entre la béatitude et la catastrophe, et un point final scrupuleusement respecté ou des points de suspension judicieusement insérés peuvent éviter toutes sortes d'exclamations.

Postérité, *nf.*

J'essaie de ne pas penser à notre vieillesse ensemble, surtout parce que j'essaie de ne pas penser du tout à la vieillesse. Ces deux choses – les années qui passent, les années ensemble – sont trop énormes pour y songer. Mais un matin j'ai cédé. Tu dormais et je t'ai imaginée plus vieille, très vieille. Tes cheveux qui virent au gris, ta peau qui se creuse de rides et de plis, ta respiration qui devient difficile. Et je me suis surpris à penser : si tout ça continue, si tout ça poursuit son chemin, alors, quand je mourrai, les souvenirs que tu auras de moi seront ma plus grande réussite. Tes souvenirs seront la marque la plus durable que j'aurai laissée.

Q

QUERELLE, *nf.*

Il n'y a vraiment aucune raison de se moquer de moi parce que je me passe du fil dentaire deux fois par jour.

Quintessence, *nf.*

C'est la manière dont tu dis merci quand tu es vraiment reconnaissante. Je n'ai jamais rencontré personne qui fasse ça si régulièrement.

Quitte, *adj.*

J'ai fini par déclarer : « C'est terminé. »

Tu t'es mise à pleurer, et j'ai précisé aussitôt : « Non – je voulais dire que cette partie-là est terminée. Maintenant il faut qu'on passe à la suivante. »

Et tu as dit : « Je ne suis pas sûre qu'on puisse. »

R

Rapprochement, *nm.*

Ça me rappelle ce que disait ma grand-mère : « Il faut laisser le gâteau refroidir avant de le glacer. »

Ras, *adj.*

On aurait dit que tu me soulevais, mais tout est retombé.

RÉSERVE, *nf.*

Parfois, j'ai peur de m'être déjà perdu. Peur que le fait d'être avec toi soit devenu si constitutif de ce que je suis que, si nous devions nous séparer, je n'existerais plus. Je réserve cette pensée pour les moments d'intense insatisfaction. Je n'ai jamais eu l'intention de dépendre autant de quelqu'un.

Reste, *nm.*

Reste avec moi pour tout le reste.
Là. Viens plus près.
Nous sommes là.

RÉTRACTATION, *nf.*

Je voudrais retirer au moins la moitié de mes « Je t'aime », parce qu'ils n'étaient pas aussi sincères que les autres. Je voudrais reprendre le livre de photos d'art que je t'ai donné, parce que tu n'y as rien compris et que tu as dit que c'était de la daube branchouille. Je voudrais retirer ce que j'ai dit quand je t'ai comparée à un zombie sur le plan affectif. Je voudrais effacer le moment où je t'ai appelée « chérie » devant ta sœur et que tu as fait une tête comme si je venais de lui montrer des photos de nous deux en train de faire l'amour. Je voudrais retrouver le verre à vin que j'ai cassé dans un moment de colère, parce que c'était un joli verre à vin et que la dispute aurait pris fin de toute façon. Je voudrais effacer la fois où nous avons fait l'amour dans une voiture de location, non pas parce que je suis gêné vis-à-vis des gens qui ont récupéré la voiture après nous, mais parce que c'était extraordinairement inconfortable. Je voudrais effacer la confiance que j'avais en toi quand tu es partie à Austin. Je voudrais effacer la fois où j'ai dit que tu étais un génie, parce que c'était sarcastique et que j'aurais dû me contenter de dire que tu m'avais blessé. Je voudrais reprendre les secrets que je t'ai confiés afin de pouvoir décider maintenant si je devrais te les confier à nouveau. Je voudrais reprendre la partie de moi qui est en toi, pour voir si elle me manque vraiment. Je voudrais retirer au moins la moitié de mes « Je t'aime », parce que j'ai le sentiment que les choses seraient plus sûres ainsi.

Rétrospectif, *adj.*

Je te surprends à mater un type dans la rue. Ce n'est pas très grave, car nous aimons tous deux regarder les gens dans la rue quand on se promène. Mais cette fois, le frisson qui passe sur ton visage ne relève pas de la simple curiosité. Tu remarques que j'ai remarqué, et tu dis : « Il ressemble à quelqu'un que je connais. »

Une semaine plus tard, on est en train de regarder des photos quand, soudain, le voilà, en pleine randonnée dans les Appalaches avec toi. Ce n'était pas lui dans la rue, mais c'était bel et bien lui dans tes pensées. Je me demande pourquoi tu as dit « quelqu'un que je connais » plutôt que « quelqu'un que j'ai connu ».

Deux jours plus tard, je me promène seul, et j'aperçois quelqu'un qui ressemble au quelqu'un qui t'avait fait penser à lui. Je ressens l'envie irrationnelle d'interpeller cet inconnu pour m'assurer qu'il ne te connaît pas.

Réverbérer, *v.*

Pourquoi ton père est-il parti ?

RIEN, *pr. indéf.*

Tout le dilemme est là, n'est-ce pas ? Quand on est célibataire, il y a la tristesse et la joie du *rien que moi*. Et quand on est à deux, il y a la tristesse et la joie du *rien que toi*.

S

SACRO-SAINT, *adj.*

Ta nuque. Même le son du mot *nuque* a quelque chose de divin. Ça et le creux de ton cou, le haut de ta poitrine, que ton chemisier laisse parfois entrevoir. Ce sont les stations du chemin de mon désir le plus doux, le plus insistant.

SADISME, *nm.*

Ce mot de neuf lettres, pour *mangeant ou buvant avec modération*, qui commence par un *a* et dont la quatrième lettre est un *t* ? J'avais tout de suite deviné la réponse, mais ta frustration m'amusait tellement que je n'ai rien dit.

SCÈNE, *nf.*

« Je ne peux plus les voir, ces pantoufles », as-tu dit.

J'ai secoué la tête et tu as eu le culot de dire : « Ce n'est pas très gentil. »

Et j'ai expliqué : « Je ne me moquais pas de toi. C'est ta citation involontaire de Hedda Gabler qui me fait rire.

— Tu sais ce qu'elle te dit, Hedda Gabler ? » as-tu demandé. Et tu as jeté mes pantoufles dans le feu de cheminée.

Les choses se sont envenimées. Je m'en suis pris à l'écharpe immonde que ta grand-tante t'avait envoyée – je l'aurais épargnée si elle l'avait tricotée elle-même, mais je la soupçonnais d'être le produit d'un atelier clandestin à l'étranger. Tu as répliqué en immolant mon « T-shirt pour dormir » (la tournée *American Idiot*), patchwork de taches et de trous. J'ai renchéri en incinérant tes insupportables baskets – jusqu'au moment où le caoutchouc s'est mis à brûler et où l'odeur a mis un terme à cette scène.

« J'adorais ces pantoufles, ai-je dit.

— Je peux t'assurer, as-tu dit, que ce n'était pas réciproque. »

Scie, *nf.*

Et tu as dit : « Je ne suis pas sûre qu'on puisse. »

SCISSION, *nf*.

Personne ne nous a jamais dit : « Gardez ça pour l'intimité. » Mais n'est-ce pas précisément ce que nous faisons ? Toutes les fois où tu as eu envie de me frapper – autrement dit, toutes les fois où j'ai eu envie de te frapper –, n'avons-nous pas traduit cette envie en gestes – pousser, tordre, griffer, appuyer, saisir, tenir ? Parfois, je te regarde bien en face, et je m'aperçois que tu ne plaisantes pas. Nous avons perdu le fil du jeu. Nous communiquons avec le plus grand sérieux à présent, toutes les choses que nous ne pourrions jamais dire.

SENTEUR, *nf.*

Je n'aime pas que tu te serves de mon shampooing, parce que tes cheveux ont alors mon odeur, pas la tienne.

Slogan, *nm.*

À la fin d'un film français, l'amant chante : « Aime-moi moins, mais aime-moi longtemps. »

Solipsiste, *adj.*

Vas-y, ai-je songé. *Vas-y. Vas-y.* Je suis resté bloqué là-dessus. *Vas-y. Vas-y.* Parce que j'étais sincèrement incapable de voir plus loin.

SONNET, *nm.*

(NOTE SUR LE SAUT : Comme il est rude et las, le poids
de l'envol – l'âme, rassemblée, forme son propre
jumelage d'aile et de serre, chaque arche tranchée, la nuque –
toutes germées dans le corps, délaissé. Seule avec la perte, la vie

s'élève : air héraldique, tremblante étoile d'artificielle
créance. La chute qui se forme dans les entrailles croît dans les
bras avant l'esprit, se souvenant des dangers
et de la dureté du monde quand il se ferme, ouvre ses portes

afin que l'air refroidisse ce qu'il advient de lumière. La poitrine
se dégonde, affermie par la panique, et ce loch
qu'est le cœur commence à trouver sa place. Le vent se fait

plus robuste, sa peau gigantesque. La chambre
  qui était
la source devient le champ, grand ouvert,
la scène un trésor révélé.)

Billy Merrell, *Les Propositions*

Souffle, *nm.*

Tu avais de l'asthme quand tu étais petite, obligée d'avoir un inhalateur sur toi en permanence. Mais en grandissant, l'asthme a disparu. Tu pouvais courir des kilomètres sans aucun problème.

Parfois j'ai peur qu'il m'arrive la même chose, mais inversée. Plus je vieillis, plus je perds ma capacité à respirer.

STABILITÉ, *nf.*

Je ne veux pas être le plus fort de nous deux, mais je ne veux pas non plus être le plus faible. Pourquoi faut-il que ce soit toujours l'un ou l'autre ? Quand nous nous étreignons, l'un de nous serre toujours l'autre un peu plus fort.

T

Tableau, *nm.*

Nous rendons visite à deux amis qui sont ensemble depuis dix ans maintenant, cinq fois plus longtemps que nous. J'observe le naturel avec lequel ils sont assis côte à côte sur le canapé. Ils plaisantent ensemble, ils s'agacent l'un l'autre, se mêlent l'un à l'autre comme des apostrophes insérées dans des guillemets quand ils parlent. Je prends conscience que ce n'est pas beaucoup, deux ans. Je prends conscience que même dix ans, ce n'est pas beaucoup. Mais quand les choses paraissent insurmontables, j'ai besoin de petits rappels comme celui-ci, qui m'assurent qu'on peut s'habituer. Que l'on peut s'installer dans le confort du choix juste. Que les choses durables, de fait, durent.

Taciturne, *adj*.

Certains jours, quand tu rentres à la maison, tu ne dis pas un mot. Enfin, tu prononces des mots, mais en réalité tu es muette. Avant, je te bombardais de perches à attraper pour meubler la conversation, mais à présent je laisse l'appartement sombrer dans le silence. Je t'entends dans la chambre – mettre de la musique, pianoter sur le clavier, te lever pour te servir un verre, bouger dans ton fauteuil. J'essaie d'avoir une conversation avec ces bruits.

Temporel, *adj*.

À l'école, le passage du temps était scandé par le nom des classes. CM2. Terminale. Deuxième année de master. Ensuite, c'était le travail. Telle boîte. Tel bureau. Mais aujourd'hui que l'école est finie et que je travaille au même endroit, dans la même boîte et dans le même bureau depuis plus longtemps que je n'arrive moi-même à y croire, je m'en rends compte : la jauge, à présent, c'est toi. Tu es devenue mon époque. Et ce n'est que si cette époque se prolonge encore que je devrai trouver d'autres moyens de tenir le compte du temps.

Tissu, *nm.*

Peut-être est-ce par générosité que la langue nous offre autant de mots à double sens. Peut-être cherche-t-elle à nous donner une leçon, à nous apprendre qu'on peut toujours être deux choses à la fois.

Tricote-moi un vêtement de tes meilleures histoires. Pas les petites injustices mesquines de la journée. Pas le reflet de je ne sais quel épisode aux sept huitièmes oublié de ton passé. Pas quelque chose que quelqu'un a raconté à quelqu'un d'autre qui te l'a ensuite raconté. Non, je veux une légende. Elle n'est pas obligée d'être vraie.

« Très bien, dis-tu. Tu veux que je te raconte comment on s'est rencontrés ? »

Je hoche la tête.

« C'était sur le manège. Tu étais sur le cheval rose, et moi sur le jaune. Tu étais deux chevaux devant moi, et dès que je t'ai vu grimper en selle, j'ai eu envie de changer de monture pour être à côté de toi et te dire bonjour. On s'est mis à tourner, tourner et tourner encore, et j'attendais que mon cheval s'élance pour te rattraper. J'avais l'impression qu'il sentirait le moment où je serais prête, et qu'il attendait ce moment. Tu t'élevais et tu redescendais, et je te suivais, et je te suivais. J'ai bien cru que j'allais rater ma chance. Mais tout à coup, comme par magie, il y a eu une gigantesque panne de courant, dans toute la ville. Nous étions plongés dans le noir, le noir absolu. La musique s'est arrêtée, et on n'entendait plus que des battements de cœur. Des battements de cœur. Je ne te voyais plus, et j'avais peur que tu sois parti. Mais à cet instant précis, la lune a surgi derrière les nuages. Et tu étais là. Je suis descendue de cheval en même temps que toi. Je me suis dirigée vers la droite et toi vers la gauche. Nous nous sommes rencontrés à mi-chemin.

— Et qu'est-ce que tu as dit ?

— Tu ne te souviens pas ? J'ai dit : "Quelle belle soirée." Et tu as répondu : "C'est exactement ce que j'étais en train de me dire." »

Tant que nous sommes capables d'évocation, qui a besoin de quoi que ce soit d'autre ? Tant que nous sommes prêts à nous accorder sur la magie des mensonges et être heureux, que pourrait-on demander d'autre ?

« Et je t'ai aimée dès cet instant, ai-je dit.

— Et je t'ai aimé dès cet instant », as-tu acquiescé.

Torticolis, *nm.*

Ce n'est pas seulement les accidents de voiture. Pourquoi est-ce toujours uniquement les accidents de voiture ? Ça peut être aussi quand je me penche par-dessus toi le matin, essayant de voir, au rai de lumière filtrant à travers les stores, quel temps il va faire aujourd'hui. Les grues, ces oiseaux au cou en caoutchouc, ne tombent pas toujours sur des carnages. Parfois, ce n'est que de la pluie.

Tranchant, *adj.*

Tu ne laisses jamais rien très longtemps sans réponse. Mails. Coups de fil. Questions. Comme si tu savais que l'attente est ce qu'il y a de plus difficile, pour moi.

Traverser, *v.*

Tu t'es mise à pleurer, et j'ai précisé aussitôt : « Non – je voulais dire que cette partie-là est terminée. Maintenant il faut qu'on passe à la suivante. »

Et tu as dit : « Je ne suis pas sûre qu'on puisse. »

Sans même avoir à y réfléchir, j'ai répliqué : « Bien sûr que si, on peut.

— Comment peux-tu en être si sûr ? » as-tu demandé.

Et j'ai dit : « J'en suis sûr. N'est-ce pas suffisant ? »

U

Ubiquité, *nf.*

Quand tout va bien, cela se voit partout. Dans la chanson qui se balade entre vos oreilles. Dans le livre qu'on lit. Sur les étagères de la boutique, au moment où on tend le bras pour attraper une serviette sans plus penser du tout à cette serviette. Quand on ouvre la porte. Quand, dans le métro, on a le regard dans le vide, c'est cela qu'on contemple. C'est ce qu'on porte sur soi, à l'intérieur de son chapeau. Au fond de ses poches. C'est la température.

Le problème, évidemment, c'est que, quand les choses tournent mal, cela se retrouve exactement aux mêmes endroits.

Urgent, *adj*.

Tu m'as embrassé en rentrant à la maison, et quand j'ai répondu par un baiser plus long, plus intense, tu as dit : « Plus tard, chéri. Plus tard. »

USURE, *nf.*

Une semaine avant le premier anniversaire de notre rencontre, je me suis dit : *Je ne peux plus.* Je faisais les courses avec Joanna, je cherchais un cadeau pour toi, et soudain j'étais incapable de rester une seconde de plus dans cette boutique. Elle m'a demandé ce qui n'allait pas, et je lui ai dit qu'il fallait que je rompe. Surprise, elle m'a demandé d'où sortait cette idée. Je lui ai répondu que ce n'était pas une idée, plutôt une sensation, l'impression de ne plus pouvoir respirer, d'avoir besoin d'air. Un instinct de survie, lui ai-je dit.

Elle a dit qu'il était l'heure de dîner. Alors elle m'a emmené quelque part et m'a dit de ne pas m'en faire. Que ce genre d'épisodes, c'était comme se réveiller en pleine nuit : on a peur, on ne sait plus où on est, et on est absolument convaincu d'avoir raison. Et puis on reste éveillé un peu plus longtemps et bientôt on se rend compte que les choses ne sont pas si effrayantes qu'elles paraissent.

« Tu respires », a-t-elle dit.

Nous sommes restés assis là. J'ai respiré.

V

Versatile, *adj*.

L'erreur est de croire qu'il existe un antidote à l'incertitude.

V**ESTIGE**, *nm.*

Le jour où nous avons décidé d'emménager ensemble, nous avons passé la nuit chez moi. Je regardais les objets aux murs – les posters du MoMA accrochés tels quels, sans cadre, le baiser de Doisneau qui ne me quittait pas depuis la fac, les jaquettes d'album punaisées dans les coins. Je n'avais jamais éprouvé le désir de changer quoi que ce soit, mais soudain j'ai compris que tout ça allait changer. J'ai compris que, quand viendrait le moment de tout empaqueter et ranger dans des cartons, ces objets disparaîtraient pour toujours.

Je t'ai dit cela, et tu as suggéré que nous entamions un nouveau départ, plutôt que deux continuations. Pourquoi essayer de faire cohabiter les fresques mémorielles de nos premières années new-yorkaises respectives, alors que nous pouvions inventer de nouveaux hiéroglyphes pour nous représenter ? Nous pourrions garder le lampadaire, et le canapé vert citron pourrait rester garé devant la télé, mais les cartes postales échoueraient au fond d'un tiroir et la guirlande que ma mère avait envoyée à Noël dernier irait s'accrocher à une autre porte

Et c'est ce qui s'est passé. Nous avons tous deux saisi l'occasion de changer le papier peint de notre existence. Je n'ai conservé que les photos de mes amis et de ma famille, tandis que celles de tes amis et (dans une moindre mesure) de ta famille allèrent s'afficher à l'autre extrémité du mur, comme si elles se rencontraient pour la première fois et que la timidité ou l'appréhension les empêchait encore de se mélanger.

VIABLE, *adj.*

Mettons que j'aille boire un verre avec des amis, après le boulot. Même si tu es déjà à moi, j'ai toujours envie d'être séduisant. Je me coiffe comme pour un premier rendez-vous galant. Je parcours la pièce du regard comme tout le monde. Si quelqu'un vient m'aguicher, j'entre dans le jeu, mais seulement jusqu'à un certain point. Tu n'as rien à craindre – les choses ne vont jamais plus loin que la question de savoir où j'habite. Et, à New York, c'est souvent la deuxième ou la troisième question. Mais à la première question, celle qui donne encore l'impression que tout est possible, je cherche à m'assurer que, si tu n'étais pas déjà à moi, je serais encore capable de susciter le désir de quelqu'un d'autre.

VŒU, *nm.*

Au cœur de ce désir, il y a la conviction que tout peut être parfait.

Volumineux, *adj.*

J'ai déjà passé environ cinq mille heures de sommeil à tes côtés. Cela doit forcément signifier quelque chose.

W

WALKYRIE, *nf.*

Nous sortions d'un bar, tard le soir, et nous marchions dans la rue – encore que le mot *marcher* soit utilisé ici de manière assez approximative, étant donné que ta démarche tenait plutôt du compromis entre le sautillement et le zigzag – quand, tout à coup, tu t'es mise à chanter ton amour pour moi. Mon nom et tout, à pleins poumons. Même aux derniers étages des gratte-ciel, on a dû t'entendre. J'aurais dû te dire d'arrêter, mais je ne voulais pas que tu t'arrêtes. Je me fichais bien que ton amour pour moi réveille toutes ces bonnes gens. Je me fichais bien qu'il s'insinue dans leurs rêves.

Tu m'as attrapé la main et tu m'as fait virevolter sur place. Deux jolis cœurs sur le bitume. Puis, avec le plus grand sérieux, tu t'es arrêtée, penchée, et tu as murmuré : « Tu sais, je serais prête à me faire tatouer ton nom. Seulement, je tiens à ce que tu restes libre de changer de nom si tu en as envie. »

Je t'ai remerciée, et tu as recommencé à chanter.

𝒳

X, *lettre*

Ça ne te paraît pas bizarre qu'il y ait une lettre de l'alphabet que personne n'utilise jamais ? Elle représente un vingt-sixième du potentiel de notre langage, et nous la laissons languir. Si nous voulions vraiment changer le monde, toi et moi, nous inventerions plus de mots commençant par *x*.

Y

Yo-yo, *nm.*

Tu as appelé pour me demander quand est-ce que je rentrais à la maison, et quand je t'ai rappelé que je ne rentrais pas, tu as eu l'air si déçue que j'ai décidé de rentrer.

Z

Zénith, *nm.*

Je suis dans la salle de bains, en train de m'essuyer les mains, et tu t'affaires nerveusement dans la cuisine. Je suis heureux à la perspective du dîner, heureux que la journée soit finie, et avant même que j'aie pu te demander ce qui ne va pas, tu me dis qu'il faut qu'on se parle.

Voilà, c'est maintenant – ce moment, juste avant que tu me dises ce que je ne veux pas savoir.

Est-ce donc cela, le zénith ? Ce dernier moment d'ignorance ?

Ou advient-il beaucoup plus tard ?

Remerciements

Je voudrais remercier tous ceux de mes amis à qui j'ai donné à lire une première version de ce livre, en guise de cadeau pour la Saint-Valentin. Je remercie en particulier Billy Merrell, Ann Martin, John Green, Eliot Schrefer et Dan Ehrenhaft, dont les réactions m'ont poussé à croire assez en cette histoire pour la poursuivre jusqu'au bout.

Merci à Bill Clegg et Jonathan Galassi de m'avoir aidé à rendre ce livre aussi accompli qu'il pouvait l'être. Merci également à Jesse Coleman, Shaun Dolan, Alicia Gordon, et à toutes les équipes de FSG et de WMEE, ainsi qu'à tous les éditeurs de ce livre à l'étranger, dont l'enthousiasme me touche profondément.

Merci, enfin, à mes diverses familles. Ma famille d'amis. Ma famille d'auteurs jeunesse. Ma famille chez Scholastic. Et, surtout, ma famille réelle – maman, papa, Adam, Jennifer, Paige, Matthew, Hailey. Partager ce livre avec vous lui donne d'autant plus de sens.

Composé par Nord Compo Multimédia
7, rue de Fives, 59650 Villeneuve-d'Ascq

Cet ouvrage a été imprimé
par CPI Firmin Didot
Mesnil-sur-l'Estrée
pour le compte des Éditions Grasset
en janvier 2012

N° d'édition : 17040 – N° d'impression : 108532
Dépôt légal : février 2012
Imprimé en France